Bettina Sokolowski

Liebesgrüße aus der Hölle

- Roman -

Bettina Sokolowski

Liebesgrüße aus der Hölle

- Roman -

Bibliografische Information der deutschen Nationalbibliothek: Die deutsche Nationalbibliothek verzeichnet diese Publikation in der Deutschen Nationalbibliografie; detaillierte bibliografische Daten sind im Internet über http://dnb.dnb.de abrufbar.

© 2018 Bettina Sokolowski, 1. Auflage 2018
bsokolowskiart@aol.com
Lektorat: Maria Rummler
Covergestaltung: Casandra Krammer
Herstellung und Verlag:
BoD – Books on Demand, Norderstedt

ISBN: 9783746096575

Inhalt

Am Anfang

»Willst du wirklich springen?«

Eine angenehme Stimme riss mich aus meinen Gedanken. Erschrocken trat ich einen Schritt vom Rand des Hochhauses zurück und sah mich um.

Im sanften Schein des Mondlichtes erkannte ich eine Gestalt am anderen Ende des Daches. Ich kniff die Augen zusammen, um besser sehen zu können: Es war ein Mann mittleren Alters mit feuerrotem Haar. Er trug einen sehr teuer aussehenden Anzug, hatte seine Hände lässig in die Hosentaschen gesteckt und schlenderte auf mich zu. Ganz so, als wären wir hier in irgendeinem Park und nicht weit oben auf dem zehnten Stockwerk eines Hochhauses.

»Bleiben Sie stehen!«, rief ich ihm zu und trat einen weiteren Schritt zurück. Der Boden unter meinen nackten Füßen war warm, beinahe heiß – und das, obwohl es schon um zwei Uhr nachts war. Das Hoch Katharina hatte Deutschland vor wenigen Wochen überrollt und die Hitze hatte sich in Berlin festgebissen. Der Asphalt und die Steine glühten, die Menschen schwitzten und die Schwimmbäder und Seen der Hauptstadt waren überfüllt. Es herrschte beinahe ein Ausnahmezustand.

Es war heiß, einfach nur verdammt heiß.

»Ich glaube nicht, dass du das tatsächlich tun wirst, Charly!« Der Mann kam näher.

»Woher kennen Sie meinen Namen?«, rief ich ihm zu.

Der Mann war jetzt so nahe, dass ich sein Gesicht erkennen konnte. Er hatte ebenmäßige, porzellanähnliche Gesichtszüge und lächelte mich belustigt an.

»Verschwinden Sie, ich brauche keine Gesellschaft!«, rief ich.

War er ein Seelsorger, der mich von meinem Selbstmord abhalten sollte?

Ich hatte keine Ahnung, ob ich es wirklich tun würde. Es war schon eine Glanzleistung, mit meiner Höhenangst hier hinaufzugehen. Es hatte zwar lange gedauert und ich wäre unterwegs fast vor Angst gestorben, aber nun war ich hier. Ganz oben in schwindelnder Höhe. Einen kurzen Moment war ich mächtig stolz auf mich. Aber auch nur einen kurzen Moment, denn wäre ich wirklich mutig gewesen, wäre ich schon längst gesprungen und würde mich nicht in dieser peinlichen Situation befinden. Ich bemerkte, dass meine Knie zitterten, und ließ mich auf den Boden nieder. Ich verschränkte meine Beine zu einem Schneidersitz und starrte dem Fremden misstrauisch entgegen. Ich traute mich nicht, in die Tiefe unter mir zu schauen. Warum war ich nur zu feige, um diesen letzten Schritt zu gehen?

Ich war gefangen. Es konnte nur wenige Augenblicke dauern, bis ein Einsatzkommando die Straße absperren und peinlicherweise die ganze Stadt wissen würde, dass Charlotte Sommer versucht hatte sich umzubringen. Dabei wollte ich nur zu Tommy.

Der Mann musterte mich. »Es soll ja Menschen geben, die ihren Geliebten in den Tod folgen. Doch du? Du gehörst nicht dazu. Du bist feige.« Er schnaufte verächtlich und ließ sich in einiger Entfernung von mir nieder. Beinahe gelangweilt zündete er sich eine Zigarette an.

»Ich bin nicht feige«, erwiderte ich.

»Und warum bist du nicht längst gesprungen?«, fragte er stirnrunzelnd.

»Ich habe Höhenangst«, stammelte ich unsicher.

»Das ist eine dumme Ausrede«, entgegnete der Mann. »Es gibt andere Möglichkeiten, sich umzubringen. Du könntest dich vor einen Zug werfen oder Schlaftabletten schlucken. Das wäre weniger dramatisch.«

Entgeistert starrte ich ihn an. »Was willst du überhaupt von mir?«, fragte ich mit zitternder Stimme.

»Bist du von der Polizei?«

Er schüttelte den Kopf. »Du lieber Himmel! Ich bin doch kein Bulle. Ich war neugierig auf dich. Ich möchte mich mit dir unterhalten. Und ich bin gespannt, ob du tatsächlich von diesem dämlichen Dach springst.«

»Wenn das deine Vorstellung von einem Smalltalk ist, dann solltest du dringend an deinen sozialen Fähigkeiten arbeiten«, erwiderte ich. »Wieso kannst du mich nicht in Ruhe lassen und verschwinden? Das hier ist Berlin. Es gibt noch andere Verrückte auf Dächern, die sich über eine Plauderei mit dir freuen würden.«

Ich wollte nicht zulassen, dass dieser Fremde mir mein Vorhaben durchkreuzte. Ganze zwei Jahre hatte ich diesen Tag geplant. Immer wieder hatte ich die Vor- und Nachteile abgewogen, aber ohne Tommy war mein Leben einfach nur sinnlos und leer. Und so hatte ich mich in die Vorstellung verbissen, dass es ja – wie so viele sagen – ein Leben nach dem Tod geben musste. Ein Leben im Himmel, im Paradies oder wie man das nennen möchte. Es war mir auch egal – Hauptsache, es war ein Leben mit Tommy.

Vor ein paar Wochen hatte ich meiner besten Freundin Jenny von dieser Idee erzählt. Sie ist fürchterlich blass geworden und wollte mich sofort in eine psychiatrische Klinik einweisen. Ich konnte sie gerade noch davon abbringen, indem ich beteuerte, dass es eine blöde Idee sei, die aus einer Weinlaune heraus entstanden war, und dass ich vorhatte, noch viele Jahre lang zu leben. Seitdem hielt ich meinen Mund und erzählte niemandem mehr von meinem Vorhaben.

»Willst du wirklich auf diese Art sterben? Weißt du eigentlich, wie dein Körper aussieht, wenn du da unten auf der Straße aufklatschst?«, fragte der Mann und verzog angewidert den Mund. »Deine gesamten Knochen sind gebrochen und du bist eine einzige klebrige, matschige Masse. So wie roter Wackelpudding mit Stückchen. Aber schön, wenn es das ist, was du willst, dann werde ich dir dabei zusehen.«

Mein Magen rebellierte bei der Vorstellung und mir wurde schwindelig.

»Halt die Klappe!«, zischte ich zwischen meinen Zähnen hervor. »Halt die Klappe und verschwinde. Das hier geht dich nichts an, das ist meine Sache!«

»Wie du willst. Dann tu es auch endlich!« Er zog genüsslich an seiner Zigarette. »Es ist ganz einfach. Du musst nur aufstehen und zwei große Schritte in die Richtung gehen!«

Er deutete hinunter auf die Straße.

Ich starrte an ihm vorbei in den Nachthimmel und blinzelte ein paar Tränen fort.

»Also, was ist jetzt? Bringst du dich jetzt um oder nicht? Ich habe nicht ewig Zeit«, drängelte er.

»Was soll das denn? Willst du mich jetzt etwa zum Selbstmord drängen?«

Der Mann schüttelte den Kopf. »Nein, natürlich nicht. Das musst du schon aus freiem Willen tun, sonst bringt das gar nichts. Aber ich finde, du solltest dich endlich entscheiden!«

»Geh endlich! Lass mich allein!«, jammerte ich erschöpft.

Der Fremde seufzte. »Hör mal zu, Charly! Wenn du wirklich springen wolltest, hättest du es doch schon längst getan. Ich könnte dich auch einfach hinunterstoßen, um das Ganze zu beschleunigen. Aber dann würde es dich auch keinen Schritt zu deinem Tommy bringen, sondern ihr wäret für alle Ewigkeiten getrennt.«

Ich war verwirrt. Was sollte das bitte heißen: für immer von Tommy getrennt?

Tommy war mein Mann gewesen. Er war vor zwei Jahren bei einem Autounfall ums Leben gekommen. Tommy war mein Leben gewesen, ich hatte ihn geliebt, vergöttert und verehrt. Mein Tommy! Es war mir heute unvorstellbar, wie ich überhaupt existiert haben konnte, bevor ich ihn kennengelernt hatte. Die Jahre mit ihm waren so unvorstellbar schön gewesen. Zu schön, um wahr zu sein, und dann war plötzlich alles vorbei, nur weil ein betrunkener Busfahrer von seiner Spur abgekommen war. Zwei Jahre lang hatte ich versucht, einfach weiterzuleben. Ich bin zur Arbeit gegangen, habe bei meiner Theatergruppe mitgespielt und habe am Alltagstrott teilgenommen. Aber es war so sinnlos. Stets klaffte dieses schwarze Loch in meinem Leben, ein Loch, in dem ich hilflos umherirrte und aus dem ich nicht herausfand. Also beschloss ich, mein Leben ebenfalls zu beenden. Aber nun stand ich hier, besser gesagt, ich saß hier auf einem Dach in der Nähe vom Alexanderplatz und war zu feige, um über den Rand zu treten. Zu allem Überfluss hatte ich auch noch einen Seelsorger am Hals.

»Schau mal, Schätzchen, was ich hier habe!«, sagte der Mann und nahm einen tiefen Zug von seiner Zigarette. In der anderen Hand hielt er lässig ein Handy. »Ich brauche nur kurz anrufen und schon ist ein Großaufgebot von Rettungsteams da unten versammelt.« Dabei grinste er von einem Ohr zum anderen.

»Oh, nein!«, seufzte ich schwach. »Bitte lass das

und geh endlich«, flehte ich ihn an.

»Du springst doch eh nicht!«, erklärte er und seine Mundwinkel zuckten dabei verdächtig. »Ich habe es ja gewusst. Dazu bist du viel zu schwach!«

Na gut. Ich glaubte ja selbst nicht mehr daran. Ich spürte, wie sich ein dicker Kloß in meiner Kehle festsetzte. Verzweifelt kämpfte ich mit den Tränen. Der Mann betrachtete mich prüfend. Schließlich erhob er sich seufzend, trat ganz dicht an den Rand des Daches und schnippte mit den Fingern den Zigarettenstummel hinunter. Lässig zog er eine Schachtel aus der Tasche und zündete sich eine neue Zigarette an.

»Also, Charly«, sagte er, ohne mich anzusehen, »um dieses Desaster hier zu beenden: Ich will dir ja helfen, deinen Tommy wiederzusehen, aber meiner Meinung nach ist ein Selbstmord nicht die richtige Lösung. Wir werden einen anderen Weg finden. Einen eleganteren. Du kannst mir vertrauen.«

Eine Feuerwerksrakete sauste an ihm vorbei und explodierte in unserer Nähe zu einem roten Funkenregen. Tief unter uns feierten die Menschen ein Fest. Ich hatte keine Ahnung, wovon er redete. Eine dicke Träne lief über meine Wange. Für einen winzigen Moment lang bekam ich Zweifel, ob ich dies alles wirklich wollte. Hatte ich mir das gut überlegt? Ein

Bild von Tommy tauchte in meinen Gedanken auf und meine Zweifel lösten sich in Luft auf. Erneut überkam mich das Gefühl völliger Hoffnungslosigkeit. Weitere Tränen rannen über meine Wangen den Hals hinunter. Ich musste wirklich scheußlich aussehen. Aber ich wollte nur noch weg von hier. Mittlerweile war ich dankbar für die Anwesenheit des Fremden.

»Aber, aber, Charly. Wer wird denn gleich weinen? Ich sag doch: Ich bringe dich zu Tommy.« Der Mann kam zu mir und wischte mit der Hand meine Tränen fort. Seine Stimme klang nun so weich, dass alle meine Ängste davonflogen. Wie in Trance ließ ich mich widerspruchslos von ihm auf die Beine helfen und ließ zu, dass er den Arm um meine Taille legte und mich sanft zum Treppenhaus schob.

»Wer bist du eigentlich?«, flüsterte ich matt.

»Ach, du kannst mich Luz nennen«, sagte er freundlich und führte mich die Treppe hinunter.

Mir wurde schon bei dem Gedanken an die Tiefe schwindelig. Aller Mut war vergessen. Ich hatte versagt und musste nun den Rest meines erbärmlichen Lebens ohne Tommy dahin vegetieren. Mir wurde schlecht. Verzweifelt umklammerte ich den Hals des Mannes.

»Mit -tz?«, nuschelte ich.

»Nein, nur mit -z.« Er lachte laut auf. Es klang kalt und hässlich.

Etwas benommen ließ ich zu, dass Luz mich in die Straßenbahn verfrachtete und mit mir zu meiner Wohnung in Pankow fuhr. Die Leute in der Bahn beachteten mich nicht. Es fiel niemandem auf, dass ich barfuß war und meine Shorts und mein Top eigentlich meinen Schlafanzug darstellten.

»Weißt du eigentlich, wo ich wohne?«, fragte ich Luz irgendwann.

»Natürlich.«

Allmählich bekam ich ein flaues Gefühl im Magen. Er kannte meinen Namen, meinen Wohnort und er wusste etwas von Tommy. War er mir heimlich auf dieses verdammte Hochhaus gefolgt? War er vielleicht ein Stalker? Was, wenn er ein gefährlicher Psychopath war, der mich entführte? Das konnte auch nur mir passieren, dachte ich. Ein gescheiterter Selbstmordversuch und danach direkt in den Armen eines Verrückten landen.

Mein Kopf schmerzte fürchterlich, aber schon nach kurzer Zeit kam mein vertrauter Wohnblock in Sicht.

Wir stiegen aus und bald darauf saß ich auf dem wohlbekannten Sofa in meiner kleinen Zwei-Zimmer-Wohnung, während Luz in meinen Küchenschränken kramte.

»Wo ist der Zucker?«, fragte er mich.

»Dritter Schrank rechts, ganz oben.« Meine Antwort kam automatisch. Ich versuchte verzweifelt meine Gedanken zu sortieren.

In der Küche hinter mir hörte ich Geschirr klirren und Wasser laufen. Dann kam Luz vergnügt pfeifend auf mich zu. »Hier trink das, dann geht es dir besser!« Er hielt mir eines meiner größten Gläser gefüllt mit einer Flüssigkeit unter die Nase und setzte sich mir gegenüber in den Schaukelstuhl, ebenfalls ein Glas in der Hand.

»Was ist das?«, fragte ich misstrauisch.

»Zuckerwasser. Das tut dir gut!« Und damit schüttete er sich den ganzen Inhalt auf einmal in den Mund. Zuckerwasser. Das wurde ja immer besser. Mir gegenüber saß ein Psychopath, der Zuckerwasser trank. Für den Notfall rief ich mir schon mal alle Selbstverteidigungsgriffe ins Gedächtnis, die ich kannte.

»Ähm. Das ist ja total nett von dir, dass du mich nach Hause gebracht hast, Luz«, haspelte ich nervös. »Aber nun bin ich ja in Sicherheit und werde bestimmt auch nicht wieder versuchen mich umzubringen, also kannst du ganz beruhigt nach Hause gehen.«

Ich wartete hoffnungsvoll. Draußen donnerte es. Ein Gewitter zog auf.

»Du sollst das trinken!«, befahl er und zündete eine Kerze an, die vor uns auf dem Tisch stand.

Wie romantisch! Er schien mich gar nicht gehört zu haben. Über uns fing mein Obermieter an, auf seinem Cello zu üben. Er tat dies grundsätzlich nachts und stets, ohne die richtigen Töne zu treffen. Um ein bisschen für Abwechslung zu sorgen, hatte er sich kürzlich auch noch ein Klavier und eine Gitarre besorgt. Ich hatte schon oft überlegt, ihm ein paar Musikstunden zu schenken. Luz war sichtlich unbeeindruckt von der Hintergrundunterhaltung. Er deutete auf mein immer noch volles Glas.

»Trink!« Jetzt klang er schon etwas ärgerlich. »Das ist gut für dich!«

Mir wurde noch unbehaglicher zumute. Zögernd nahm ich einen Schluck. Es schmeckte fürchterlich süß und ich verzog den Mund.

Zufrieden lehnte er sich zurück, faltete seine Hände vor dem Bauch und sah mich an. Zum ersten Mal seit unserer Begegnung betrachtete ich ihn genauer. Er sah unbeschreiblich gut aus.

Seine Haut war etwas blass, aber seine Gesichtszüge waren ebenmäßig wie die einer Statue. Unter buschigen Brauen blitzten leuchtend grüne Augen hervor. Sein dunkelrotes Haar lag perfekt, als käme er gerade vom Friseur. Nur die strahlendweißen Zähne waren ungewöhnlich spitz, wie mit einer Feile bearbeitet – sie wirkten gefährlich.

»Also, Charly, kommen wir zur Sache«, sagte er mit sanfter Stimme.

Mein Herz hämmerte unkontrolliert in meiner Brust. Das Pochen bahnte sich den Weg hinauf zur Schläfe und dröhnte dort rhythmisch in meinem Kopf. Allmählich fürchtete ich mich vor ihm.

»Du hast gerade versucht dich von einem Hochhaus zu stürzen. Man könnte sogar sagen, ich habe dich gerettet.« Das klang, als hätte ihm die ganze Sache tierischen Spaß gemacht.

»Und nun möchtest du bestimmt wissen, warum.« Er breitete seine Arme aus und sah mich erwartungsvoll an.

Ich starrte mit offenem Mund zurück und versuchte ruhig ein- und auszuatmen. Gute Frage!

Er zuckte mit den Schultern. »Also schön. Du wolltest dich umbringen, weil du so ungeheuerliche Sehnsucht nach deinem Tommy hast.« Dabei verzog er angewidert die Mundwinkel. »Die Idee ist gar nicht so schlecht, doch für einen Selbstmord bist du nicht mutig genug. Und wenn du jetzt einfach so stirbst, dann wirst du ihn ganz bestimmt nicht wiedersehen!«

Mein Kopf dröhnte. Ich überlegte krampfhaft, ob es mir wohl gelingen würde, aus der Wohnung zu stürzen und nach Hilfe zu schreien.

»Denn wenn du jetzt stirbst, kommst du geradewegs in den Himmel, so ein nettes Mädchen wie du bist.« Das schien ihn köstlich zu amüsieren.

»Na und?«, erwiderte ich zögernd. »Da will ich doch auch hin.«

Er schnalzte mit der Zunge. »Aber dein geliebter Tommy ist nicht im Himmel. Er sitzt in der Hölle und wartet da auf dich.«

Das war zu viel. Meine Furcht war vergessen. Ich sprang auf, wobei ich einen Teil des grässlichen Zuckerwassers verschüttete, und fauchte ihn an: »Was fällt dir ein? Du sitzt hier in meiner Wohnung und behauptest, Tommy sei in der Hölle! Wenn es so etwas überhaupt gibt, dann ist Tommy der Letzte, der da hingeht! Und jetzt verschwinde!« Ich schwankte, da ich vor Aufregung noch mehr zitterte. »Tommy hat niemals irgendetwas Schlechtes getan!«

Luz sah mich an, als hätte ich den Verstand verloren. Schließlich befahl er mir in einem strengen Ton, der selbst eine aufgebrachte Soldatenlegion zum Gehorsam gebracht hätte: »Zucker ist gut für dich! Setz dich hin und trink!«

Ich gehorchte, obwohl ich mich innerlich dagegen sträubte. Mein Mund klebte vor lauter Zucker, meine Kehle, alles in mir schnürte sich zusammen. Es war, als hätte er die Macht über meinen Körper übernommen. Es gab kein Entkommen vor ihm.

Luz schien langsam ungeduldig zu werden. »Liebe Charly, Tommy ist in der Hölle, weil er ein Nephilim ist. Sag bloß, das weißt du nicht?«

Ich schüttelte hastig den Kopf. Bitte lass das alles schnell vorbei sein, lieber Gott!

»Du hast all die Zeit mit ihm zusammengelebt und hast es nicht bemerkt?« Er schnaufte verächtlich.

»Was ist ein Nephilim?«, fragte ich tonlos und rieb nervös meine feuchten Hände an meiner Pyjamahose ab.

Luz rollte mit den Augen. »Nachfahren der Engel. Hast du etwa noch nie von ihnen gehört?«

Ich dachte fieberhaft an meine Konfirmationszeit, aber da war so etwas nicht vorgekommen.

»Es gab einmal eine Gruppe von Engeln, die sogenannten Grigori«, begann er.

»Sie sollten den Erzengeln bei der Erschaffung des Garten Edens helfen. Aber sie haben sich nicht an die Spielregeln gehalten. Sie verliebten sich in die schönen Frauen der Menschen und zeugten Kinder mit ihnen. Dabei verrieten sie ihnen auch ein paar Dinge, die nur Himmelswesen wissen durften. Natürlich war das alles verboten. Als Gott davon Wind bekam, bestrafte er sie, indem er sie aus dem Himmel verstieß und in Dämonen verwandelte. Die Nephilim sind ihre Nachfahren. Und Tommy ist einer von ihnen. Einer der letzten«, erklärte er bedauernd. »Die Sintflut hat ganze Arbeit geleistet.«

»Was hat die Sintflut damit zu tun?«, wollte ich wissen.

»Die Sintflut wurde von Gott unter anderem gesandt, um die Nephilim auszulöschen«, erklärte Luz geduldig. »Aber sie waren schlau. Trotz der Sintflut, und was noch alles gegen sie unternommen wurde, gibt es auch heute noch ein paar wenige ihrer Blutlinie unter den Menschen. Obwohl sie nun bald tatsächlich aussterben. Na, auf jeden Fall schmort Tommy in der Hölle, wie man so schön sagt. Und du möchtest doch immer noch zu ihm.« Mit einem Mal klang seine Stimme ganz weich, fast zärtlich, ja, verlockend. »Du möchtest ihn doch wiedersehen, seine Stimme hören, seinen Atem riechen und seinen Körper spüren.« Luz' Stimme war ein leises Säuseln, eine sanfte Melodie, die mich einlullte.

Mir wurde schwummerig. Der Raum begann sich zu drehen. Erst langsam und dann immer schneller. Die Erinnerung an Tommy schoss mir Tränen in die Augen und schnürte mir die Luft ab. Ich krallte meine Hand fest in das Sofakissen.

»Du möchtest wieder in seinen Armen liegen, mit ihm lachen und seine Küsse schmecken.«

In meinem Kopf drehte sich alles. Engel, Sintflut, Hölle? Das durfte alles nicht wahr sein.

»Ja, natürlich will ich zu ihm«, wimmerte ich.

»Siehst du, und ich werde dir dabei helfen. Ich bringe dich zu ihm«, summte Luz.

Plötzlich wurde mir bewusst, wie absurd diese ganze Situation war. Ich saß mit einem Wildfremden in meiner Wohnung, der behauptete, dass mein verstorbener Mann in der Hölle schmorte. Mit einem Ruck stand ich auf. »Sie werden jetzt sofort meine Wohnung verlassen!«

Luz hob eine Augenbraue und schlürfte unbeeindruckt an seinem Zuckerwasser. Seine Augen leuchteten dunkelrot.

Mit einem Mal wurde mir alles klar. Das ganze Gerede von der Hölle und dieser bescheuerte Name. Er glaubte, er sei der Teufel!

»Luz ist nicht zufällig eine Abkürzung für Luzifer?«, fragte ich mit schwacher Stimme.

Er schien total darüber verzückt, dass ich sein Rätsel gelöst hatte. Begeistert klatschte er in die Hände. »So dumm scheinst du ja doch nicht zu sein!«

Ich setzte mich wieder und nahm einen großen Schluck Zuckerwasser. Schließlich fing ich an, idiotisch zu kichern. Mein Kichern wurde zu einem blöden Lachen und ich schlang meine Arme um meinen Körper, um mich festzuhalten.

Sein Grinsen erstarb. »Du glaubst mir nicht«, stellte er enttäuscht fest.

»Entschuldige«, murmelte ich. »Es kommt nicht so oft vor, dass jemand behauptet, er wäre der leibhaftige Teufel, der gerade frisch aus der Hölle kommt, nur um mich dorthin mitzunehmen, weil mein verstorbener Ehemann auf mich wartet.« Ich schüttelte erneut den Kopf. Einer von uns beiden war tatsächlich verrückt, so viel stand fest. Nachdenklich sah Luz mich an und zog einen glänzenden Gegenstand aus der Jackentasche. Ich schnappte nach Luft. Es war das Medaillon, das Tommy getragen hatte, als er starb. Es zeigte ein Bild von mir, wie ich auf einer Blumenwiese saß. Wir waren picknicken. Es war ein wunderschöner Sommertag. Das war Tommys Lieblingsbild und wurde zusammen mit seiner

Leiche verbrannt. Ganz so, wie sein sorgfältig ver-
fasstes Testament es wollte. Ein kalter Schauer jagte
mir über den Rücken.

»Woher hast du das?«, zischte ich und griff nach
dem Medaillon.

Luz war schneller und zog es weg. »Tz. Vorsichtig!
Es ist heiß!«

Er reichte es mir langsam. Meine Hand zitterte. Ich
hielt den Atem an, aber noch bevor ich es berühren
konnte, spürte ich schon die sengende Hitze, die von
dem Metall ausging. Es war also wahr. Meine Gedanken rasten. Wenn dies kein Albtraum war und
Luz kein verrückter Trickkünstler, sondern Luzifer
persönlich, dann musste das bedeuten, dass mein
armer Tommy tatsächlich in der Hölle gelandet war.
Ich schüttelte bekümmert den Kopf. Vielleicht war
ich durch all die Trauer verrückt geworden.

»Du glaubst mir immer noch nicht?« Luz erhob sich
seufzend und zog sein Jackett, sein Hemd und seine
Schuhe aus. Verwundert beobachtete ich, wie er in
die Hocke ging und auf den Boden starrte. Einen
Moment lang passierte gar nichts, aber dann stieg
Qualm von seiner Haut auf. Der Rauch verdichtete
sich und schließlich ging sein gesamter Körper in
Flammen auf. Ich stieß einen Schrei aus und sprang
mit einem Satz hinter meinen Sessel.

Vorsichtig lugte ich aus meinem Versteck hervor. Das Feuer war erloschen und Luzifer hatte sich verändert. Aus dem schönen ebenmäßigen Gesicht war eine hässliche Fratze geworden. Seine Haut schimmerte grau-rötlich und aus seinem Mund blitzten weiße Fangzähne hervor. Auch das Haar war verschwunden, über den spitzen Ohren ragten zwei gebogene Hörner. Am beeindruckendsten waren jedoch die beiden gewaltigen fledermausartigen Flügel, die sich langsam quer durch den Raum ausbreiteten.

»Glaubst du mir jetzt?«, zischte er mit einer krächzenden Stimme und entblößte dabei eine gespaltene Zunge.

Ich kam nicht dazu, etwas zu antworten. Ein Schleier legte sich über meine Augen, ich wurde ohnmächtig.

Als ich erwachte, wedelte der wieder gut und menschlich aussehende Luzifer mir Luft zu.

»Toller Trick, oder?« Er grinste mich breit an. »Ich bin ein Gestaltenwandler, musst du wissen«, erklärte er stolz.

Ich nickte schwach. »Ich hab's kapiert. Du bist Luzifer, der Teufel.« Vorsichtig wich ich vor ihm zurück.

»Du brauchst keine Angst zu haben, Charly«, sagte er schnell. »Ich werde dir ganz bestimmt nichts tun, ich werde auf dich aufpassen.«

»Warum bist du hier?«, fragte ich misstrauisch. »Warum kommst du ausgerechnet zu mir?«

»Nun, das ist kompliziert«, begann er und lehnte sich zurück. »Tommy nervt mich. Er redet den ganzen Tag von dir. Diese Prahlerei von deiner Unschuld, von deiner reinen Seele. Er erzählt jedem, aber auch jedem, wie unglaublich unschuldig du bist. Das hat mich neugierig gemacht.« Luz erhob sich aus dem Schaukelstuhl, fuhr sich mit den Fingern durchs Haar und wanderte im Zimmer auf und ab.

»Was habe ich nicht alles versucht. Ich habe ihm wunderschöne Frauen geschenkt, ihm die exklusivsten Weine und den besten Kaviar serviert, Vergnügen halt. Aber das interessiert ihn alles nicht!« Luz starrte mich ungläubig an. »Kannst du das verstehen?« Er ließ sich neben mich auf das Sofa fallen. Ich konnte einen leichten Brandgeruch in seinem Atem erkennen.

»Und das schlimmste ist, er schreibt nicht! Er erzählt nicht und er macht auch sonst nichts. Seine Legion verkümmert, alle seine Aufgaben bleiben liegen, während er dir hinterhertrauert. Dabei würde ich ihm jeden anderen Wunsch erfüllen.« Er schnupperte an meinem Haar. »Was hast du nur an dir, dass er dich nicht vergisst?«, murmelte er. »Ich kann wirklich nichts Besonderes an dir erkennen.«

Tommy lebte? Ich wusste nicht, ob ich weinen oder vor Freude jubeln sollte. Immerhin war mein größter Traum wahr geworden: Es gab eine Chance, ihn wiederzusehen. Andererseits war er ausgerechnet in der Hölle gelandet, einem Ort, an dem ich ihn niemals vermutet hätte.

»Kann ich zu ihm?«, fragte ich hoffnungsvoll. »Kann ich ihn sehen?«

Luzifer lächelte geheimnisvoll. »Das liegt ganz an dir, meine liebe Charly. Aber bevor wir zu diesem Punkt kommen, hätte ich gerne noch etwas Zucker.« Er stand auf und rührte sich ein neues Getränk an.

Meine Hoffnung verstärkte sich. Tommys Bild rückte in meinem Kopf in greifbare Nähe. Was er wohl gerade in diesem Moment tat? Da fiel mir ein, was Luzifer erzählt hatte.

»Was soll Tommy denn schreiben?«, fragte ich. »Und was hat er für eine Legion? Ich meine, er war schließlich Pazifist.«

Luz setzte sich wieder in den Schaukelstuhl und verdrehte theatralisch die Augen. »Genau das ist ja das Problem. Er ist absolut ungeeignet. Er sollte eine Legion von Dämonen leiten, die auf die verdammten Seelen aufpassen. Aber die Legionäre machen, was sie wollen.«

Der Brandgeruch kribbelte in meiner Nase und ich bemühte mich, nicht zu niesen. »Ich dachte immer, die Hölle wäre etwas Furchtbares. So mit Feuer und Schmerzen und so. Von Vergnügen und Essen höre ich das erste Mal.«

Luz lachte kalt. »Kommt darauf an. Er ist ein Nephilim. Die Nephilim sind den Dämonen sehr ähnlich. Sie gelangen nicht ins Fegefeuer, um dort eventuell geläutert zu werden, sie gehen in die Hölle als meine Untertanen und bleiben dort für den Rest der Ewigkeit. Und in der Hölle kann es tatsächlich ganz nett sein. Nicht für jeden, versteht sich.«

»Was ist der Unterschied zwischen Fegfeuer und Hölle?«, fragte ich neugierig.

»In die Hölle gelangen alle Wesen, die für immer verdammt sind. Diese haben keine Chance zur Bereinigung ihrer Seelen. Die richtig üblen Menschen zum Beispiel. Das Fegefeuer ist ein Zwischenort zwischen Himmel und Hölle. Dorthin kommen alle Seelen, die nicht heilig sind und nicht sofort in den Himmel aufsteigen. Sie können dort ihre Sünden bereuen und eventuell abbüßen. Wenn sie Glück haben steigen sie irgendwann in den Himmel auf.«

»Und eine Sünde büßt man durch Schmerzen?«, fragte ich weiter.

Luz nickte. »Unter anderem.«

»Was passiert mit den Seelen in der Hölle?«

»Sie sind für alle Ewigkeit verdammt. Sie sind die Sklaven der Dämonen«, erklärte Luz sachlich.

Trotz der Hitze draußen wurde mir kalt. Um mich zu wärmen, wickelte ich mich eng in eine Wolldecke ein.

Luzifer betrachtete mich von Kopf bis Fuß. Seine eisigen grünen Augen schienen mich zu durchbohren, als könnte er meine Gedanken lesen. Ich erschauderte. Vielleicht konnte er das ja wirklich? Luz lächelte flüchtig und begann gefährlich hin und her zu schaukeln. Mir wurde schon beim Zusehen schwindelig, also konzentrierte ich mich wieder auf das Glas in meiner Hand.

»Wo ist er denn genau? Wie kann ich zu ihm? Oder kannst du ihm etwas von mir ausrichten?« Wie gerne würde ich ihm ein letztes Mal sagen, wie sehr ich ihn liebte. In meinem Kopf kreisten immer noch Bilder von Menschen, die in einem Meer aus Flammen gefoltert wurden. Ich konnte in meiner Fantasie ihre Schreie hören.

»Er ist in einer Stadt im Ostens stationiert und unterliegt dem Befehl des Großfürsten Orobas. Ihm sind zwanzig meiner Legionen unterstellt«, erklärte Luzifer weiter. »Und ja, es gibt einen Weg in die Hölle. Auch für dich.«

»Ich verstehe immer noch nicht, warum du eigentlich hier bist«, meinte ich nachdenklich.

Luz schnalzte mit der Zunge. »Ich will Tommys Wissen. Ich will erfahren, wie er gelebt hat, wen er geliebt hat.« Dabei warf er mir einen vernichtenden Blick zu.

»Ich will alles über ihn, über euch Menschen erfahren.« Seine Lippen wurden schmal, seine Augen verengten sich, die Augenbrauen krochen zusammen. »Ich studiere euch seit hunderten von Jahren. Wie ihr euch verändert, wie ihr fühlt und denkt. Aber leider kann ich nicht allzu lange auf der Erde bleiben, um euch zu beobachten. Es scheint, als hinterließe ich jedes Mal eine gewisse … Verwirrung. Und die meisten Menschen brechen bei meinem Anblick in Panik aus. Oder sie erstarren zu Tode.« Ein selbstgefälliges Lächeln umspielte seine Lippen und er fuhr sich mit den Fingern durch sein Haar. »Nun, das lässt sich nicht ändern. Daher nutze ich das Wissen der Nephilim. Sie schreiben ihr Leben auf, und ich kann es jederzeit lesen. Hat bisher auch immer gut funktioniert. Und dann kam Tommy.« Bei dem Gedanken seufzte er frustriert.

»Wie schon gesagt, die Nephilim sterben aus. Also hab ich mir gedacht, ich bringe dich einfach zu ihm, dann ist er glücklich und ich bekomme mein Wissen.« Er grinste schelmisch und schaukelte vergnügt vor sich hin.

»Und ich muss gestehen, Tommy und ich haben um dich gewettet. Er ist der Meinung, ich würde es nicht schaffen, dich vom rechten Weg abzubringen und aus dir eine Sünderin zu machen. Aber ich bitte dich. Ich bin Luzifer! Noch niemals konnte ein einfacher Mensch meinen Versuchungen widerstehen. Und das wirst auch du nicht.«

»Ihr habt um meine Seele gewettet?«, fragte ich ungläubig und verärgert zugleich. So etwas hätte ich Tommy nie zugetraut.

Luz nickte. »Ich würde sagen, eine Win-win-Situation. Wenn ich erfolgreich bin, gelangst du in die Hölle zu deinem geliebten Mann. Ihr zwei seid dann glücklich, ich habe gezeigt, was in mir steckt, und zusätzlich erfüllt Tommy wieder seine Pflichten.« Zufrieden rieb er sich seine Hände. »Also, was sagst du? Du hast die Wahl zwischen Himmel und Hölle. Ich biete dir eine Ewigkeit mit Tommy an. Aber falls du dir zu fein für die Unterwelt bist«, er zuckte mit den Schultern, »dann wirst ihn niemals wiedersehen.«

Er blickte mich erwartungsvoll an.

Sollte das tatsächlich eine Entscheidung zwischen einem Leben mit Tommy in der Hölle oder einem ohne ihn im Himmel sein? Das klang furchtbar. Es schien zu bedeuten, dass ich meine Seele an den Teufel verkaufen müsste. Und genau der saß gerade in diesem Moment in meinem Schaukelstuhl und versuchte sich durch den Fußboden zu schaukeln.

»Was genau würde mich denn da unten erwarten? Ist es überhaupt ›unten‹?«, fragte ich lahm.

Er grinste mich an. »Ja, kann man so sagen, wenn es dir gefällt. Meine liebe Charly!« Seine Stimme klang wieder unglaublich sanftmütig, verlockend. »Für dich wäre es wie der Himmel auf Erden.« Er schien prächtig amüsiert. »Dir würde jeder Wunsch erfüllt werden. Es gäbe keine Sorgen, keine Ängste, nur das reine Vergnügen. Und natürlich Tommy.« Er breitete siegessicher seine Arme aus. »Du kannst natürlich alles tun, was du möchtest. Du bräuchtest nie wieder zu arbeiten. Du hättest eine Horde Diener, die sich um dich kümmert. Du bräuchtest nie wieder selbst kochen, denn meine Köche würden dir die köstlichsten Menüs zubereiten. Du könntest den ganzen Tag schlafen und essen, faulenzen oder lesen. Du könntest lernen, was dir wichtig erscheint, Menschen kennenlernen, die schon lange nicht mehr leben, und, was das beste ist: Du könntest jede Minute mit Tommy verbringen.« Und da war sie wieder: diese unwiderstehliche Stimme, die jeden Zweifel in mir auslöschte. Tommy, ich komme zu dir! Wer braucht schon eine vollkommene Seele, dachte ich mir, wenn man dagegen eine unendliche Liebe bekommt? Hatte ich überhaupt eine Wahl? Seit Tommys Tod hatte ich mich von einem Tag zum nächsten gequält. Ein erfülltes Leben sah wahrhaftig anders aus. Wenn ich Luzifers Angebot nicht annahm, würde ich vermutlich schon in naher Zukunft mit Depressionen in einer Klinik feststecken.

»Okay, ich komme mit. Du kannst meine Seele haben«, flüsterte ich schwach. Tränen rollten mir die Wangen hinunter. Ich sah noch einmal im Zeitlupentempo mein bisheriges Leben an mir vorbeiziehen. Sollte dies das Ende sein?

Luz lehnte sich langsam zurück. Seine Augen bekamen einen dunklen rötlichen Schimmer. Er lachte leise. Es war ein böses, triumphierendes Lachen.

Ich schluckte einen Kloß im Hals hinunter. Auf einmal sah er gefährlich aus, beinahe bedrohlich. Ich zitterte. Hatte ich die richtige Entscheidung getroffen? Aber ich wollte zu Tommy. Etwas anderes hatte ich nie gewollt. Ich atmete tief ein und aus, um mich zu beruhigen.

»Okay, einen Koffer brauche ich wohl nicht packen, oder?«

Luz schüttelte den Kopf.

Ich lachte hysterisch auf und trank den Rest Zuckerwasser aus. Es beruhigte tatsächlich etwas.

»Gehen wir?« Ich stand auf und raffte meine Schultern. Ich war bereit, mein Leben fortzuwerfen, um in den Armen meines Geliebten zu landen.

Aber Luz saß nur da und lächelte. Er schaukelte nun etwas langsamer vor und zurück und musterte mich. Draußen regnete es mittlerweile in Strömen.

»So einfach ist das nicht, Charly. Das ist nicht wie Zug fahren. Man kann doch kein Ticket in die Hölle kaufen. Dafür muss man schon etwas tun. Ein paar Regeln muss auch ich befolgen.« Er verzog den Mund. »Aber mach dir keine Sorgen. In ein paar Stunden bist du bei deinem Tommy. Und jetzt schlaf erst einmal. Morgen ist ein anstrengender Tag.«

»Ich werde doch jetzt nicht schlafen!«, protestierte ich, aber nach einem kurzen Blick in seine funkelnden Augen sackte ich auf dem Sofa zusammen. »Ticket zur Hölle!«, murmelte ich. Hätte ich mir ja denken können, dass es bei der ganzen Sache einen Haken gab.

Tag 1

Am nächsten Morgen erwachte ich mit fürchterlichen Kopfschmerzen. Benommen rappelte ich mich von der Couch auf und sah mich in meiner Wohnung um. Hatte ich das alles nur geträumt? Doch genau in diesem Moment steckte Luzifer seinen Kopf ins Wohnzimmer.

»Einen wunderschönen guten Morgen, Charly!«

Also war dies doch kein Traum gewesen.

»Ich gehe duschen«, brummte ich und stürmte ins Badezimmer. Kurz darauf stand ich unter der Brause. Ich ließ solange das kalte Wasser über mich laufen, bis meine Lippen taub wurden. Langsam sortierten sich meine Gedanken. Als ich mir im Schlafzimmer ein leichtes Sommerkleid aus dem Schrank fischte, fiel mein Blick auf eines der vielen Fotografien von Tommy, die ich in meiner Wohnung angebracht hatte, um mich nicht so alleine zu fühlen. Vorsichtig nahm ich eines in die Hand und strich zärtlich mit meinen Fingern darüber. Wie sehr ich sein Lachen und seine warme Stimme vermisste! Hoffnung keimte in mir auf. Gab es tatsächlich eine Möglichkeit, um zu Tommy zu gelangen? Ganz egal, was ich tun musste, ich würde es tun.

Fertig angezogen eilte ich voller Tatendrang in die Küche. Luz saß bereits am Tisch und löffelte ein Honigglas leer. Davon, dass der Teufel zuckersüchtig ist, stand auch nirgendwo etwas geschrieben, dachte ich mir, und bereitete schnell mein Müsli zu, um nicht etwa zum Honiglöffeln gezwungen zu werden.

»Äh, du bist also wirklich der Teufel?« Mittlerweile war ich ziemlich neugierig. Wer bekam schon einmal die Gelegenheit, solche Informationen aus erster Hand zu erfahren? Ich betrachtete ihn eingehend, in der Hoffnung, vielleicht wieder ein paar Hörner oder ähnliches zwischen seinen Haaren zu finden. Aber da war natürlich nichts. Vor mir saß ein Topmodel, das nicht die geringste Ähnlichkeit mit der Gruselgestalt von letzter Nacht hatte. Keine Hörner, keine Ziegenfüße, kein Löwenschwanz.

»Sollen wir noch einmal von vorne anfangen?« Luz schleckte genüsslich den Löffel ab.

»Nein, natürlich nicht. Aber wie heißt du denn wirklich, Luzifer oder Satan?«

»Mein richtiger Name lautet Luzifer - Satanael. Im Laufe der Zeit haben die Menschen mir viele Namen gegeben. Aber Luzifer bedeutet ›Lichtbringer‹ oder ›Morgenstern‹. Er gefällt mir am besten«, erklärte er beiläufig. Ihn schien viel mehr zu beschäftigen, dass das Honigglas leer war. Enttäuscht kratzte er auf dem Boden des Glases herum.

»Da oben ist noch mehr!« Ich deutete auf einen Schrank und er holte sich schnell ein weiteres Glas.

»Früher einmal war ich dafür verantwortlich, Sonnenaufgänge einzuleiten. Gemeinsam mit anderen Engeln brachte ich die Morgenröte an den Horizont. Doch dies ist lange her und ich möchte jetzt nicht darüber sprechen.« Er löffelte weiter.

»Ich verstehe immer noch nicht ganz, warum Tommy in der Hölle ist. Nur weil er ein Nephelim ist?«, bohrte ich weiter.

»Nephilim«, korrigierte Luz

»Ok, Nephilim. Aber Tommy war trotzdem ein guter Mensch. Er war Arzt, er hat vielen hunderten von Menschen das Leben gerettet. Tag für Tag. So jemand hat doch in der Hölle nichts verloren! Das ist ungerecht!« Seufzend trank ich noch einen Schluck Kaffee.

Luzifer betrachtete mich eingehend. »Nun, wenn ein Mensch geboren wird, dann ist seine Seele absolut rein. Sie müssen schon eine ganze Menge Sünden anhäufen, um letztendlich in der Hölle zu landen. Die Nephilim werden mit einer ausgeglichenen Seele geboren. Zur Hälfte rein, zur anderen Hälfte unrein. Wenn sie schlau sind, dann begehen sie ihr

Leben lang nur gute Taten, um ihre Seele zu bereinigen um in den Himmel zu gelangen. Allerdings genügen ein paar kleine Vergehen und schon sind die Sünden zu groß.«

»Aber was hat dann Tommy getan?«, fragte ich stirnrunzelnd.

Luz zuckte mit den Schultern. »Was auch immer. Es reicht für die ewige Verdammnis.«

Ungläubig schüttelte ich den Kopf. Das konnte einfach nicht stimmen. Tommy war meiner Meinung nach einer der besten Menschen auf dieser Erde gewesen. Aber Luzifer sah nicht so aus, als würde er weiter darauf eingehen wollen.

»Was unterscheidet die Nephilim von uns?«, fragte ich daher und stocherte in meinem Müsli.

»Nicht viel, eigentlich.« Er wiegte nachdenklich den Kopf zur Seite. »Ein paar können heilen, Gedanken lesen und solche Dinge halt. Einige können auch gar nichts.«

»Und Tommy war einer von ihnen.« Ich überlegte krampfhaft, ob er irgendeine übersinnliche Begabung gehabt hatte.

»Tommy hat seinen Tod vorausgesehen.« Luz schien zumindest meine Gedanken lesen zu können. »Oder warum glaubst du, hat er alles so ganz genau geplant, sein Testament und so? Warum hat er dich nicht mitgenommen, als er seine Schwester besuchen wollte? Er wusste, dass er verunglücken würde.« Es klang höhnisch.

Ich hielt mir die Ohren zu. Tommy hatte es gewusst! Und er hat nie ein Wort gesagt.

»Warum hat er nicht versucht, seinen Tod zu verhindern?«

»Man kann seinem Schicksal nicht entkommen, das ist unmöglich«, erklärte Luz.

Vielleicht hatte er damit recht, aber ich war fest entschlossen meinem Schicksal auf die Sprünge zu helfen. »Was muss ich tun um ihn wiederzusehen?«, flüsterte ich.

Luz kratzte seufzend das zweite Glas leer und sah mich nachdenklich an.

»Du musst etwas Böses tun, eine Sünde«, erklärte er.

»Was denn für eine Sünde?« Mir wurde schon wieder schwindelig.

»Um direkt in die Hölle zu kommen, gibt es nur eine Art von Sünden«, sagte Luz. »Eine Todsünde. Du musst einen Menschen ermorden.«

»Was?« Ich starrte ihn entsetzt an.

»Na ja.« Er strich sich nachdenklich über das Kinn. »Sonst wird es schwierig.

Nur weil du einen Lippenstift klaust, kommst du nicht gleich in die Hölle, weißt du?«

»Ich habe noch nie einen Lippenstift geklaut!«, maulte ich zurück.

»Eben, das ist ja das Problem! Du bist so was von nett, dir würde man einen roten Teppich nach oben ausrollen. Zu den Todsünden zählen nur Ehebruch, Mord und Atopasie, also ein Abfall des Glaubens. Da Ehebruch in deinem Fall schwierig wird und ein Glaubensabfall meiner Erfahrung nach länger dauert als ein paar Tage, bleibt uns nur der Mord. Du möchtest doch auch dauerhaft bei Tommy bleiben, und nicht irgendwann im Fegefeuer begnadigt werden, oder?«

Ich hielt mich an der Tischkante fest. Ich war ja noch nicht mal in der Lage, eine Fliege zu erschlagen, geschweige denn tote Tiere zu essen, und sollte nun einen anderen Menschen umbringen?

»So etwas kann ich nicht«, jammerte ich.

»Vergiss nicht, Charly, wir haben eine Abmachung!« Einen kurzen Moment lang starrten wir uns fest in die Augen. Dann schlug die Uhr zur vollen Stunde.

»Oh nein!«, stöhnte ich.

»Was ist?«

»Ich komme zu spät zur Arbeit.« Das wäre ja nicht das erste Mal.

»Du hast letzte Nacht versucht, dir das Leben zu nehmen, und willst heute zur Arbeit?« Er schien belustigt.

»Ich könnte meine Kollegen noch einmal sehen«, erklärte ich zögernd. »Habe ich dazu noch Zeit?«

Luz nickte. »Na schön.« Er seufzte tief. »Ich werde euch nie verstehen, aber ein bisschen Abschiednehmen schadet ja nicht. Ich fahre dich hin.« Und damit schnappte er sich meine Hand und zog mich aus der Wohnung.

Eine Minute später standen wir vor dem protzigsten Auto, das ich jemals gesehen hatte. Es war ein knallroter Jaguar. Auf der Motorhaube stand in gro-ßer, verschnörkelter schwarzer Schrift »Devil«. Die Reifen waren unbeschreiblich breit und das ganze Auto, sogar die Felgen glänzten lupenrein.

»Steig ein!« Luz platzte fast vor Stolz.

»Oh nein!«, japste ich und fing an zu lachen. Das war ja so was von peinlich! »Du glaubst doch nicht, dass ich mit dieser Protzkarre auch nur einen Meter weit fahre.« Ungläubig umkreiste ich das Monstrum. »Also ein bisschen mehr Stil hätte ich dir ja schon zugetraut.« Ich schüttete mich abermals vor Lachen und hob abwehrend die Hände.

Luz sah mich gekränkt an.

Oh mein Gott war das peinlich! Ein paar Nachbarn steckten neugierig die Köpfe aus den Fenstern. Protzautos standen ganz oben auf meiner Peinlichkeitsliste. Meiner Meinung nach fuhren nur impotente Männer solche aufgedonnerten Sportkisten.

»Charly, die Arbeit wartet!« Luz trommelte ungeduldig mit den Fingern auf dem Autodach.

»Was hältst du davon, wenn wir meinen alten Golf nehmen?«

»Soll ich dich zwingen?« Seine Stimme klang drohend.

Ich gab schließlich nach und öffnete die Beifahrertür. Der Jaguar hatte eine Luxusinnenausstattung. Die Sitze waren aus feinstem Leder. Was das wohl kosten würde? Ich hatte ein bisschen Mühe, die merkwürdigen Gurte anzulegen. Luz saß neben mir und betrachtete mich zweifelnd.

»Ach, du brauchst dir keine Mühe machen, durch die Stadt brauchen wir dreißig Minuten, ich komme also eh zu spät«, erklärte ich kichernd. Irgendwie fühlte ich mich in meine Jugend versetzt, als ich mit kuriosen Angebern durch die Gegend gefahren war.

»Dreißig Minuten?« Er grinste. »Ich wette, wir brauchen nicht mehr als zehn.«

Und damit trat er auf das Gaspedal und wir sausten

41

los. Im ersten Moment schrie ich auf. Meine verträgliche Höchstgeschwindigkeit lag bei fünfzig Stundenkilometer. Die hatten wir schon innerhalb von Bruchteilen einer Sekunde erreicht und rasten mit einem wahnsinnigen Tempo durch die Straßen. Luz schien gar keine Verkehrsregeln zu kennen oder sie einfach nicht so ernst zu nehmen. Wir rasten durch Einbahnstraßen, falsch herum natürlich, überfuhren alle vorbeiziehenden Ampeln bei Rot und schwebten in den Kurven auf zwei Reifen. Meine Hände krallten sich so fest in die Ledersitze, dass ich bezweifelte, sie jemals wieder lösen zu können. Um uns herum ertönte lautes Hupen, andere Autos krachten scheppernd ineinander, Leute schrien und Luz jauchzte vor Vergnügen.

Dann war es vorbei und wir kamen mit quietschenden Reifen direkt vor dem Krankenhaus, in dem ich arbeitete, zum Stehen.

»Acht Minuten und zweiunddreißig Sekunden!«, rief Luz triumphierend.

Ich bekam keine Luft mehr. Es gelang mir einfach nicht, normal zu atmen – ich hatte einen Schock. Panisch japste ich nach Luft.

Luz sah mich besorgt an. »Alles okay?«, fragte er.

Ich bekam einen Hustenanfall und es dauerte ein paar Sekunden, bis ich wieder zu Atem kam.

Kurz darauf klopfte es an meiner Fensterscheibe.

»Charly, bist du das da drinnen?« Es war Jenny.

Erschrocken fuhr ich zusammen und zog meine verkrampften Hände aus dem zerkratzten Luxusleder.

»Äh, ich muss dann mal«, stotterte ich und stieg aus dem Auto. Luz winkte mir hinterher.

»Hey, Jenny!«, begrüßte ich meine Kollegin möglichst cool.

»Wow! Wer war das denn?« Sie starrte mich ungläubig an.

»Das?« Ich winkte beiläufig mit der Hand. »Ein Freund von mir, niemand Besonderes.«

»Aber was habt ihr da gemacht? Es sah so aus, als wenn du ersticken würdest.« Jetzt musterte sie mich besorgt.

»Ach, nein! Ich bin ein bisschen erkältet«, log ich und täuschte ein Husten vor.

Jenny sah mich ungläubig an. »Aber eine geile Kiste fährt er.« Sie schaute fasziniert dem davon sausenden Jaguar hinterher. Und dann grinste sie breit. »Bringst du ihn heute Abend mit zur Probe? Das wäre doch bestimmt lustig.« Sie schien ganz begeistert von ihrer Idee zu sein. »Sag mal, läuft da was?«

Oh nein! Jennys Hobby war es, andere Leute zu verkuppeln.

Eigentlich hatte sie bei mir die Hoffnung schon aufgegeben, aber nun war sie wieder Feuer und Flamme.

»Ähm, mal sehen«, stammelte ich. Die Vorstellung, Luzifer mit zu meinen Freunden zu nehmen, behagte mir nicht.

»Das wäre doch bestimmt total nett!« Sie brabbelte den ganzen Weg zu unserer Station munter vor sich hin. Jenny war immer so gut gelaunt und fröhlich. Ich bewunderte sie dafür und war dankbar für ihre Anwesenheit.

Ich hatte wirklich keine Ahnung, wie ich diesen Arbeitstag überstehen sollte.

»Hey, Charly, du siehst ein bisschen müde aus. Geht es dir wirklich gut?«

»Nein, alles in Ordnung!«, erwiderte ich hastig. »Ich bin nur etwas spät ins Bett gegangen.« Wenn Jenny wüsste, dachte ich und schloss meinen Spind auf. Seufzend zog ich mir meinen weißen Krankenschwesterkittel über.

»Hey, wir sehen uns dann heute Abend bei der Probe!«, rief mir Jenny zu und verschwand, bevor ich etwas erwidern konnte.

Der Tag begann recht gewöhnlich. Erst gab es eine Besprechung, von der ich leider nicht viel mitbekam, dann versorgte ich Patienten mit Medikamenten und verteilte das Frühstück. Die ganze Zeit war ich mit meinen Gedanken bei Luz und seiner wahnsinnigen Idee, dass ich jemanden töten sollte, um dann den Rest meines Daseins, wie lange das auch andauern würde, in der Hölle zu schmoren. Hatte ich da tatsächlich zugestimmt? Ich schüttelte betrübt den Kopf. Was tat man nicht alles für die Liebe. Ich arbeitete automatisch vor mich hin. Zimmer für Zimmer. In einem Raum bemerkte ich flüchtig, dass einer der Patienten nicht mehr da war. Er musste letzte Nacht verstorben sein. Trotz all der Jahre, die ich schon auf der Intensivstation arbeitete, war ich immer noch nicht abgehärtet. Meistens vergoss ich heimlich ein paar Tränen, wenn ein Patient, um dessen Leben ich vorher mitgekämpft hatte, dann doch verstarb. Diesmal empfand ich keine Trauer. Ich zuckte mit den Schultern. »Der weiß jetzt wenigstens, wo er hingehört«, murmelte ich und strich den Namen von meiner Liste.

Dann war Visite. Gemeinsam mit einem Pfleger und drei Ärzten klapperten wir erneut Zimmer für Zimmer ab. Die Visite dauerte diesmal ungewöhnlich lange. Ich machte mir Notizen und betrachtete gelangweilt die vielen Instrumente, die den Patienten am Leben hielten.

»Fantastisch!«, ertönte plötzlich Luz' Stimme.

Ich zuckte zusammen und sah mich hektisch um, wobei ich meinen Stift und ein paar Zettel fallen ließ. Aber er war nicht zu sehen.

»Du brauchst nur ein paar Knöpfe zu drücken und schon ist es geschafft!«

Ich wirbelte herum, aber Luzifer war nicht im Raum.

»Verschwinde aus meinem Kopf!«, rief ich und hielt mir die Ohren zu, während mir bewusst wurde, dass mich vier Paar Augen fassungslos anstarrten.

»Äh … Tinnitus!«, murmelte ich und spürte, wie mein Gesicht heiß wurde. Ich entschuldigte mich schnell und eilte hinaus. Die Chefärztin rief meinen Namen, aber ich beachtete sie nicht, sondern verkroch mich in den Aufenthaltsraum. Völlig durcheinander goss ich mir Kaffee ein und fragte mich, was Luzifer wohl sonst noch alles konnte. Wenig später trat die Oberschwester Olga hinein.

»Hey, Charlotte!«, sagte sie freundlich und setzte sich mir gegenüber.

»Hey!«, erwiderte ich.

»Ich mache mir Sorgen um dich«, begann sie. »Du verhältst dich in letzter Zeit so merkwürdig.« Kopfschüttelnd schenkte sie sich Kaffee ein.

Geduldig wartete ich ab. Ich konnte mir ungefähr vorstellen, wie dieses Gespräch verlaufen würde.

»Ich habe gehört, du bist bei der Visite einfach davongelaufen.«

Eigentlich mochte ich sie ja ganz gerne, aber im Moment nervte sie mich ein bisschen.

Olga räusperte sich. »Also, hör zu! Wir wissen alle, dass du immer noch eine sehr schwere Zeit durchmachst. Du hast nach … na, du weißt schon, nicht einen Tag gefehlt. Du brauchst Urlaub.« Sie lehnte sich zurück. »Also, die Chefärztin und ich haben beschlossen, dass du dir vier Wochen freinimmst.«

»Aber ich will doch …«

»Das ist keine Bitte, Charlotte!«, unterbrach sie mich sofort.

»Nutze die Zeit einfach, um dich ein bisschen zu erholen, ja? Vielleicht solltest du eine Therapie machen, das hilft bestimmt.«

Na, großartig! Sie verabschiedete sich und ließ mich allein zurück. Ich trank den Rest Kaffee aus und begab mich wieder in den Umkleideraum. Jetzt würde man es wenigstens nicht so schnell bemerken, wenn ich plötzlich für immer verschwand. Ich zog mir schnell meine normale Kleidung über und verließ die Intensivstation.

Gemächlich schlenderte ich los und betrachtete ein letztes Mal meine Arbeitsstätte. Ich würde es vermissen, dachte ich wehmütig. Mir fiel ein, dass wir uns gar nicht verabredet hatten, aber Luz würde mich bestimmt finden, dachte ich mir.

»Dreh um, Charly!«, ertönte erneut seine Stimme in meinem Kopf. Diesmal war es wieder dieser Befehlston, dem ich einfach nicht widersprechen konnte. Ich blieb stehen.

»Geh zurück zur Intensivstation!«

Ich tat es. Klapp, klapp, klapp. Die Geräusche meiner Ökosandalen hallten leise durch den Flur. Mein Gehirn war ausgeschaltet. Wie ein Roboter tat ich einen Schritt nach dem anderen. Kein Mensch war zu sehen – es war gerade Mittagspause und die meisten meiner Kollegen hielten sich wohl in der Kantine auf. Die zurückgebliebene Schwester versank höchstwahrscheinlich im Dienstzimmer hinter einem Stapel Patientenakten. Eine unheimliche Stille breitete sich im Krankenhaus aus. Nur meine Sandalen auf dem Flur erklangen. Klapp, klapp, klapp.

Wenige Augenblicke später war ich wieder auf der Intensivstation angelangt, direkt vor der Tür eines Patientenzimmers.

»Geh hinein!«, ertönte die Stimme in meinem Kopf. Meine Hand betätigte wie von selbst den Türgriff und ich schlurfte hinein. Das Licht war gedämpft. In dem Bett lag einer der kritischen Fälle. Sein Leben hing seit einem Unfall am seidenen Faden und um ihn herum waren alle denkbaren Maschinen aufgebaut, um es zu erhalten.

»Das ist jetzt deine Chance, liebe Charly!«, säuselte die Stimme von Luz. »Geh zu dem Gerät dort!«

Meine Augen richteten sich auf das Beatmungsgerät. Der Patient, ein Mann im mittleren Alter, stöhnte leise. Ich trat an sein Bett.

»Und jetzt schaltest du es aus!«

Meine Hand bewegte sich langsam zu dem Knopf in der Mitte, sie zitterte.

»Gut so, Charly, das ist deine Eintrittskarte in die Hölle!« Die Stimme lachte. Mein Finger berührte den Knopf.

»Du brauchst ihn nur drücken!« Jetzt war die Stimme ein sanftes Schmeicheln.

Meine Knie zitterten.

»Bald bist du bei ihm. Beeil dich, Tommy wartet schon auf dich.«

Tommy. Ich lächelte. Es würde nur den Bruchteil einer Sekunde dauern, bis der Alarm losgehen würde. Aber der Patient war sehr schwach und fast alle Ärzte waren beim Mittagessen. Eine todsichere Sache also. Es war so einfach! Ich sehnte mich so sehr nach Tommy. Nicht mehr lange und ich würde wieder in seinen Armen liegen. Ich betrachtete das friedliche Gesicht des Patienten. Sonnenstrahlen fielen durchs Fenster auf sein Haar und tauchten das Zimmer in sanftes Licht.

Und dann war der Spuk vorbei. Ich schrie auf und zog keuchend meine Hand zurück. Was tat ich hier eigentlich? Mein Magen rotierte – mir wurde schlecht. Der Raum fing an sich zu drehen.

»Charly?« Luz' Stimme klang verblüfft. »Charly, was tust du da? Drück diesen verdammten Knopf!«

»Nein!«, entgegnete ich empört. Ich war eine Krankenschwester. Meine Aufgabe war es, anderen Menschen zu helfen und nicht so etwas zu tun!

»Charly!« Jetzt war er zornig. »Du tust, was ich dir sage, hörst du!«

»Nein!« Ich stürzte aus dem Raum, erstaunt darüber, dass ich wieder Gewalt über meine Beine hatte, und rannte davon.

»Charly!«

In meinem Kopf fluchte Luzifer in einer mir unbekannten Sprache. Ich stürmte durch die Gänge. Im Treppenhaus angekommen hastete ich die Stufen hinunter.

»Charly, wo willst du denn hin?« Es klang, als wenn er mich beruhigen wollte.

»Lass mich in Ruhe!« Ich war im Parkhaus angelangt, ein Ort, den ich aufgrund meiner Panikanfälle gemieden hatte. Was nun? Ratlos stand ich zwischen hunderten von Autos – meine Knie schlotterten.

Ein paar Sekunden später hielt der vertraute Jaguar mit quietschenden Reifen direkt vor mir. Die Beifahrertür sprang auf.

»Steig ein!«

Ich gehorchte. Was blieb mir auch anderes übrig?

Luz saß hinter dem Steuer und sprach kein Wort, während wir rasant das Parkhaus verließen. Ich zitterte immer noch. Mir war furchtbar schlecht und langsam wurde mir bewusst, dass ich versagt hatte. Das war meine Chance gewesen, um zu Tommy zu gelangen. Ich beobachtete Luzifer und wartete auf eine Standpauke. Er presste seine Lippen zu einem schmalen Strich zusammen und in seinen Augen funkelte ein rötlicher Schimmer.

Schweigend fuhren wir durch die Stadt. Ich lehnte mich erschöpft zurück und schloss die Augen.

Schließlich hielt er an. Ich blickte auf und sah das vertraute Gebäude des Berliner Hauptbahnhofes vor uns.

»Komm!« Luz lächelte ein bisschen. Seine Stimme klang wieder ruhig und angenehm wie zuvor. »Du solltest etwas essen!«

Seufzend stieg ich aus dem Auto. Es war noch früh

am Vormittag und in der Bahnhofshalle herrschte reger Betrieb.

Wir schlenderten an den zahlreichen Imbissbuden vorbei und langsam bekam ich tatsächlich Hunger.

»Ich mag Bahnhöfe. So viele Menschen auf einmal. Ein richtiger Ameisenhaufen. Worauf hast du Appetit?«, fragte er mich einladend wie ein Verkäufer. »Eis oder lieber Waffeln?«

»Hm, ich mag gerne chinesisch.« Ich deutete zum anderen Ende der Halle.

»Auch gut.« Luz nahm meine Hand und wir drängelten uns wie ein Liebespaar durch die hektische Menschenmenge. Wenig später aß ich genussvoll ein vegetarisches Reisgericht, während Luz fünf Kugeln Eis schleckte.

»Also«, begann er. »Was war los? Warum bist du durchgedreht?« Er betrachtete mich eingehend.

»Ich konnte es einfach nicht«, erwiderte ich leise.

Er hob fragend eine Augenbraue. »Warum nicht?«

»Ich bin Krankenschwester«, begann ich. »Der Patient … Ich habe ihn versorgt, geholfen, sein Leben zu retten … Und dann soll ich es ihm wieder nehmen?« Ich schüttelte verzweifelt den Kopf.

Luz schien unberührt. Er sagte nichts.

»Ich kenne seine Familie. Sie kam jeden Tag, sie war so besorgt um ihn. Es wäre so furchtbar, wenn sie ihn verlieren würden.« Es war mir klar, dass er nichts davon hören wollte. Hatte ich etwa Mitgefühl erwartet? »Ich weiß immerhin, wie es ist, jemanden zu verlieren.« Mein Herz wurde schwer und eine Träne rollte über meine Wange.

Luz holte tief Luft. »Du verzichtest ihretwegen auf ein Wiedersehen mit Tommy?« Er sah mich zweifelnd an.

Ich wusste nichts darauf zu sagen. »Du hast dich einfach in meine Gedanken eingeschlichen!«, warf ich ihm stattdessen vor.

Luz grinste. »Hat es dir nicht gefallen?« Er schnalzte mit der Zunge. »Also schön. Wir überlegen uns etwas anderes. Lass uns ein bisschen spazieren gehen. Ich freue mich schon auf heute Abend.« Damit verputzte er seine letzte Eiskugel.

»Was ist heute Abend?«

»Na, ich wurde doch von deiner Freundin eingeladen!« Er grinste und sah mich schelmisch an.

Oh nein! Ich stöhnte. Die Probe. Das hatte ich ja schon ganz vergessen.

»Äh, das ist doch nicht dein Ernst«, versuchte ich zaghaft, wohl wissend, dass es aussichtslos war.

»Natürlich. Eine Vorstellung nur für mich! Das darf ich mir nicht entgehen lassen!«

Er lachte laut und ich schaufelte mir schnell die letzten Reiskörner in den Mund.

Um uns herum war es lauter geworden. Die Leute schienen noch hektischer zu sein als vorher, wunderte ich mich. Sie eilten durch die Gegend und stießen sich rücksichtslos an. Dicht neben uns begannen zwei Halbstarke eine Prügelei. Auf der anderen Seite des Bahnhofs ertönten Schreie.

»Komm.« Luz ergriff wieder meine Hand und führte mich zurück zum Wagen.

Während der Fahrt beschäftigte mich die Frage, warum Luzifer wohl Interesse daran hatte, bei unserer Probe zuzusehen. Wahrscheinlich passte das in sein Studienprogramm, dachte ich und verzog den Mund. Seit ein paar Jahren trafen wir uns freitagabends zur Theaterprobe. Jenny war der Star unserer Gruppe, sie bekam immer die Hauptrolle, denn sie spielte wirklich gut. Wir übten ganz unterschiedliche Stücke ein – von klassisch bis modern. Einmal hatte Ludwig, der älteste Schauspieler, sogar selbst ein Stück geschrieben. Das Besondere an unserer Gruppe war wohl, das wir bisher noch nie ein Theaterstück öffentlich aufgeführt hatten. Wir übten immer solange, bis jede Handbewegung, jeder Satz perfekt saß, und waren unheimlich stolz auf uns. Dann legten wir es beiseite und studierten ein neues Stück ein. Heute war einer der aufregenden Tage, an dem ausdiskutiert wurde, welches Stück als Nächstes an der Reihe war. Eine schwierige Angelegenheit und eigentlich siegte meist Jenny. Ich liebte Theater spielen. Die verschiedenen Kostüme, die Bühne, das alles war wunderbar.

»Was spielst du für eine Rolle?« Luz' Frage unterbrach meine Träumerei.

»Keine«, erwiderte ich verlegen.

Luz schaute mich fragend an und wartete auf eine Erklärung.

»Also, das letzte Stück ist gerade vorbei«, stammelte ich.

»Und was für Rollen hast du schon mal gespielt?«

»Keine.«

»Und was probst du dann? Bist du Souffleuse?«

»Na, ich spiele schon ein paar Rollen …« Es wurde schon wieder unangenehm. »Ich bin Statistin.«

»Statistin? Im Theater?«

»Ja, ich fülle praktisch die Lücken.« Ich lachte unsicher. »Ich übernehme alle Rollen, bei denen man keinen Text hat.«

»Du sprichst keinen Text?« Er war belustigt.

»Ich habe Lampenfieber«, erklärte ich. »Vor Publikum bekomme ich kein Wort heraus.«

Das klang ganz schön lächerlich, wenn man bedachte, dass wir ja gar nicht vor anderen Leuten spielten. Aber das wusste er ja nicht. »Es gefällt mir halt, mich zu verkleiden.«

Natürlich verstand er auch das nicht. Luz schaute mich an, als wäre ich unzurechnungsfähig. Er schüttelte den Kopf und grinste mich an. »Ich werde euch nie verstehen.«

In diesem Moment hielten wir vor dem alten, kleinen Theater, in dem unsere Gruppe einmal die Woche im Austausch von zwei Flaschen Wein proben durfte. Drinnen warteten schon alle auf mich.

»Da bist du ja endlich, Charly!« Jenny lief mir entgegen, ihre blonden Locken tanzten um ihr rundes Gesicht.

»Hey, Jenny!«, antwortete ich matt.

Sie umarmte mich stürmisch und erblickte dann Luz, der genau hinter mir stand. Ihr Unterkiefer klappte nach unten.

»Äh, Jenny, das ist Luz. Luz, meine Kollegin Jenny!«

Jenny wurde knallrot im Gesicht. So hatte ich sie ja noch nie gesehen. Eigentlich war sie die schlagfertigste und coolste Frau, die ich kannte. Sie war überzeugter Single und Männer konnten sie allgemein nur schwer beeindrucken. Luz tat es.

»Hi, Luz!«, hauchte sie und reichte ihm die Hand.

»Luz mit -tz?«

Ich rollte mit den Augen.

Luz ließ sein charmantestes Lächeln spielen.

Jenny grinste schmachtend zurück.

»Nein, nur mit -z. Ist eine Abkürzung von Luzifer«, erklärte er mit unglaublich männlicher Stimme.

Oh nein! Ich sackte innerlich zusammen. Musste er das so herumerzählen?

Jenny lachte hysterisch auf. »Oh, das ist toll, endlich einmal ein Mann mit Humor!« Sie klatschte begeistert in die Hände. »Gesell dich doch schon mal zu den anderen, Luz, wir kommen gleich nach.« Und damit zerrte sie mich fort.

Breit grinsend sah Luz uns hinterher.

»Sag mal, Jenny, irre ich mich oder ist deine Stimme plötzlich außergewöhnlich hoch?«, fragte ich sie amüsiert.

Sie quietschte schrill. »Mensch, Charly! Sieht der gut aus! Dass es so etwas gibt! Wo hast du den denn her?« Sie war ganz außer Atem, als wir in der hintersten Ecke des Theaters angekommen waren.

Da sollte sie mal sein zweites Gesicht sehen, dachte ich mir belustigt. »Ach«, sagte ich leichthin. »Der ist quasi vor mir vom Himmel gefallen.«

Jenny quietschte erneut auf. »Und, läuft da was? Mensch, Charly, ich freu mich ja so für dich. Du bist ja schon so lange alleine!«

Ich grinste zurück. »Nein, wir sind bloß Freunde.«

»Wirklich?« Und nun verfärbte sich ihr Gesicht von Hellrot zu Dunkelrot. Es beeindruckte mich, was für eine Wirkung Luz auf sie hatte.

»Jenny, von dem lässt du die Finger, der ist nichts für dich.« Ich konnte ihr ja schlecht erklären, dass er der leibhaftige Teufel war. Aber meine Worte schienen genau das Gegenteil zu bewirken. Böse Buben mochte sie schon immer gerne.

Mit einem Mal veränderte sich ihr Gesichtsausdruck. »Ich hab das gehört mit dem Urlaub«, sagte sie ernst.

Ach, das hatte ich ja schon fast vergessen.

»Aber glaub mir, Charly, das ist genau das Richtige, du musst dich einfach erholen«, fügte sie streng hinzu.

»Ja, vielleicht«, nuschelte ich.

»Hast du schon was vor? Willst du verreisen?« Nun strahlte sie wieder.

»Hab noch nichts geplant. Mal schauen.« Ich zuckte mit den Schultern.

»Paris ist toll! Warst du schon mal in Paris?« Und damit zog sie mich zu den anderen.

Das Bild, das sich uns bot, war wirklich interessant. Luz stand vor der Bühne und erzählte mit weit ausholenden Gesten. Die Theatergruppe hatte ihn umkreist und starrte ihn gebannt an. Sie schienen jedes Wort zu verschlingen, so fasziniert waren sie. Mir fiel auf, dass sie ungewöhnlich still standen und ihre Augen weit aufgerissen hatten.

»Ähm, hey, Leute!«, begrüßte ich sie.

»Hallo, Charly!« Der kleine Siggi drehte sich langsam zu mir um. Auch der etwas ältere Ludwig, die aufgetakelte Sabine und der dicke Jan lösten sich von Luz' Anblick.

Ich staunte. Er hatte die ganze Truppe hypnotisiert. Was er wohl noch alles konnte?

»Was ist denn mit euch los?«, wollte nun auch Jenny wissen.

»Schauspielunterricht.« Luz entblößte grinsend seine weißen Zähne. »Wir üben, möglichst schwerfällig zu wirken.«

Er räusperte sich einmal und die Hypnose löste sich auf, die Stimmung wurde lockerer.

Siggi breitete verschiedene Zettel vor uns aus und Sabine öffnete eine Flasche Wein und verteilte Gläser. Ich setzte mich gespannt neben Luz in die vordere Reihe. Der Abend versprach interessant zu werden. Und so war es auch. Jenny stand in der Mitte, vor Anstrengung hochrot im Gesicht, und vertrat lautstark ihre Meinung, während die anderen verzweifelt versuchten gegen sie anzugehen. Natürlich wollte jeder ein anderes Stück. Ich hielt mich wie immer ruhig zurück und lauschte gebannt. Luz schmunzelte in sich hinein, und am Ende hatte Jenny sich mal wieder durchgesetzt.

»Ich weiß gar nicht, warum wir uns überhaupt beraten!«, maulte Sabine schnippisch. »Du könntest doch gleich das Stück für uns aussuchen, Jenny.«

Ich war überrascht. Normalerweise wagte es keiner, Jenny zu widersprechen. Wir nahmen es einfach hin. Es war ja eigentlich egal.

»Willst du das etwa jetzt bestimmen?« Auch der gemütliche Ludwig, der sonst nur vergnügt zustimmte, war verärgert. Er warf Sabine einen vernichtenden Blick zu.

»Was ist? Passt euch das etwa nicht?«, keifte Jenny zurück.

Innerhalb weniger Sekunden stritten alle wild durcheinander. Ich war verwirrt. Wo war die vertraute Harmonie geblieben?

Schließlich bekam Jenny abermals Recht, aber die anderen starrten grimmig vor sich hin. Siggi öffnete eine zweite Flasche Wein.

»Komm, Charly, wir müssen los.« Luz stieß mir

aufmunternd mit dem Ellbogen in die Seite.

»Ihr wollt schon gehen?« Jenny schien enttäuscht. »Heute ist doch Freitagabend. Wochenende. Wollt ihr nicht noch einen mit uns Trinken gehen?«

Sonst gingen wir doch nie einen Trinken, wunderte ich mich.

»Nein«, erwiderte ich beiläufig. »Wir haben noch etwas wichtiges zu erledigen.«

»Na gut, Charly. Vielleicht ein anderes Mal?« Jenny küsste mich auf die Wange und hauchte Luz etwas zu.

Luz lachte amüsiert und wir verabschiedeten uns.

»Was hast du eben gemacht?«, fragte ich auf dem Weg zum Auto.

»Was soll ich denn gemacht haben?«

Um den Wagen herum hatten sich ein paar ungepflegt aussehende Jugendliche versammelt. Sie gehörten der Kategorie Menschen an, der ich unter gar keinen Umständen alleine im Dunkeln begegnen wollte. Die Kleidung war zerschlissen, sie hielten Bierdosen und Zigaretten in der Hand und ihr Haar stand abenteuerlich in alle Richtungen ab.

»Hey, Alter, ist das dein Karre?«, nuschelte der größte von ihnen, wohl ihr Anführer.

Ich rollte genervt mit den Augen. »Deine Karre, Karre ist feminin!«, korrigierte ich ihn gereizt. Ich hatte ja gar keine Angst, stellte ich erstaunt fest.

Nicht weniger erstaunt war Luz. Er sah mich an, als hätte ich den Verstand verloren.

»Was hast du gesagt?« Der Anführer zückte plötzlich ein Messer.

Da bekam ich doch ein wenig Bammel und wich vorsichtig einen Schritt zurück.

Luz lachte leise. »So! Nun ist aber Schluss für heute, Jungs!« Er klatschte in die Hände und der Halbstarke ließ erschrocken das Messer fallen. Sie sahen sich irritiert um, wahrscheinlich wunderten sie sich, warum sie dem Mann einfach so gehorchten.

»Ab ins Bett mit euch!« Wieder klatschte Luz in die Hände und die Gang nahm die Beine in die Hand und stürmte davon.

»Steig ein, Charly!« Luz verdrehte belustigt die Augen. »Nun können wir ja endlich zur Sache kommen.«

Um uns herum hupten Autos, aber ich beachtete sie gar nicht. Der ganze Verkehr war ungewöhnlich aggressiv in dieser Nacht, stellte ich fest. Quietschende Reifen, das Meckern verärgerter Fahrer und dröhnende Hupen lieferten ein stolzes Konzert. Das musste an dem schwülen Wetter liegen, dachte ich und lauschte dem Lärm.

Wenig später hielt Luz wieder vor dem Bahnhofgelände an.

»Was wollen wir hier?«, fragte ich verwundert.

»Hast du etwa schon wieder Hunger?«

»Na, was wohl? Schon unsere Abmachung vergessen?«

Luz öffnete das Handschuhfach und zog eine Pistole heraus.

Erschrocken starrte ich auf das schwarze Ungetüm in seiner Hand. Ich spürte, wie mir das Blut aus dem Gesicht wich. Das meinte er doch nicht ernst?

»Also, Charly, das hier ist eine Waffe.« Luz sprach so langsam und gedehnt, als spräche er mit einem geistig Zurückgebliebenen.

»Nein! Wirklich?« Veräppeln konnte ich mich ja auch selbst.

»Ich meine, du bist ja schon etwas seltsam.« Und damit grinste er mich an.

Seltsam? Empört schnellten meine Augenbrauen nach oben.

»Das ist das gefährliche Ende und wenn man hier drauf drückt, schießt man.« Er hielt mir die Pistole vorsichtig entgegen.

Anfängerunterricht für Killer. Wie tief war ich bloß gesunken? Aber anfassen wollte ich sie nicht. Ich starrte sie nur an.

»Charly, nimm sie doch mal!«

Ich zuckte zusammen, aber gleichzeitig ärgerte es mich wahnsinnig, dass er mich für blöd hielt.

»Gib schon her!« Und damit riss ich ihm die Waffe aus der Hand.

»Vorsichtig, Charly!«

Ich warf ihm einen vernichtenden Blick zu. Die Pistole war kalt und schwer. Sie fühlte sich nicht gut an. Ein Schauer jagte mir über den Rücken. Ich und eine Waffe in der Hand – das passte nicht zusammen.

»Also schön, Versuch Nummer zwei. Und lauf diesmal bitte nicht davon, ja?« Luz sah mich argwöhnisch an. »Denk einfach nur an Tommy, du siehst ihn bald wieder.« Und da war sie wieder, diese unglaublich sanfte, verlockende Stimme.

»Tommy!«, murmelte ich sehnsüchtig und stieg entschlossen aus dem Auto. »Aber warum sind wir hier? Soll ich etwa mitten auf dem Bahnhof jemanden erschießen?«

Luz schnalzte mal wieder mit der Zunge und schloss schwungvoll die Tür hinter sich. »Abwarten, und jetzt komm!«

Ich versteckte die Pistole in meiner Sommerjacke und folgte ihm in den Bahnhof. Es war immer noch sehr heiß und schwül. Meine Kleidung klebte an meinem Körper und ich sehnte mich nach einer Dusche. Die Halle wirkte verlassen, auf den Bänken lagen vereinzelt Obdachlose herum und hier und da warteten ein paar Reisende.

Wir stiegen in die S-Bahn und fuhren zum Alexanderplatz. Dort stiegen wir die vielen Treppen hinunter zum U-Bahn-Gelände. Ich hatte es bisher immer vermieden, mich spät abends hier aufzuhalten. Viel zu viel Kriminalität für meinen Geschmack. Luz schien dies alles nicht zu interessieren.

Wir schlenderten an den Gleisen vorbei. Ein Zug fuhr ein und ein schrilles Quietschen hallte durch die Nacht. Ich zitterte trotz der Wärme und blieb dicht neben Luz. Ein wenig entfernt von uns machten zwei Polizisten ihre Runde und verjagten die Obdachlosen von den Bänken. Ich fuhr erschrocken zusammen. Die Beamten kamen langsam auf uns zu.

Oh nein! Ich war fest davon überzeugt, dass man mir an der Nasenspitze ansah, dass ich eine Pistole in der Tasche versteckte. Ich umklammerte den Griff noch fester und mein Herz raste.

»Was ist los?«, fragte Luz neugierig.

»Äh, die … die Polizei!«, stotterte ich und deutete auf die beiden näher kommenden Männer. Ich hatte schon immer einen Heidenrespekt vor Polizisten.

Die Tatsache, eine zukünftige Killerin zu sein, verstärkte dies nur noch.

»Charly, entspann dich. Du bist ja ganz blass.« Luz schüttelte amüsiert den Kopf.

»Sie tun dir schon nichts.« Und damit legte er mir einen Arm um die Schultern.

Meine Knie zitterten heftiger. Reiß dich zusammen, Charly!, ermahnte ich mich.

»Guten Abend!« Einer der Polizisten, ein recht dicker Mann, begrüßte uns freundlich.

»Guten Abend«, erwiderte Luz gelassen.

Aus meiner Kehle kam nur ein gurgelndes Geräusch.

»Bitte meiden Sie heute Abend das U-Bahn-Gelände«, erklärte der Beamte. »Dort gab es eben einige Unruhen. Bleiben Sie am besten im Hauptgebäude des Bahnhofes.«

»Oh, Unruhen? Ja, natürlich, machen wir. Unser Zug müsste auch bald ankommen.« Luz konnte wirklich fabelhaft lügen. Ich klammerte mich fester an ihn.

Die Beamten verabschiedeten sich und schlenderten weiter. »Heute ist wirklich ein seltsamer Tag«, hörte ich einen von ihnen noch sagen, dann waren sie bei dem nächsten Obdachlosen angelangt.

»Vielleicht sollten wir einen von ihnen erschießen?

Was meinst du?«, fragte mich Luz schelmisch.

Ich sackte zusammen. »Das ist nicht dein Ernst!« Meine Stimme wurde hysterisch. »Einen Polizisten?«

»Nein, natürlich nicht, das war nur ein Witz.« Er grinste von einem Ohr zum anderen.

Ein Witz! Sehr witzig. Ich starb fast vor Angst und er machte Witze. Ich verzog schmollend den Mund.

Wir steuerten geradewegs auf den U-Bahnhof zu.

Wir gingen die Treppen hinunter und sofort schlug mir der Gestank von Urin, Alkohol und wer weiß was entgegen. Ich rümpfte die Nase. U-Bahn-Stationen waren schon tagsüber nicht gerade meine Lieblingsaufenthaltsorte.

Wir gingen tiefer und der Gestank wurde fast unerträglich. Und das bei der Hitze! Ich wartete vergeblich auf eine kühle Brise aus der Tiefe. Kein einziger Luftzug.

»Und nun?« Ich wischte mir den Schweiß von der Stirn.

»Sei doch nicht so ungeduldig!« Luz lachte.

Er schlenderte gelassen weiter und wir kamen zu einem Verbindungstunnel. Ein paar Obdachlose hatten hier ihr Lager aufgeschlagen.

Was machen sie bloß hier?, fragte ich mich.

Draußen war es doch genauso warm und dort gab es wesentlich angenehmere Luft.

»Da vorne!« Er deutete auf einen älteren Mann, der an der Wand saß. Dieser hielt eine Flasche Korn in der Hand und war offensichtlich betrunken.

Er redete wirr vor sich her. Ihm gegenüber lag eine etwas jüngere Frau. Sie war entweder total zugedröhnt oder sie schlief.

»Du gehst jetzt zu ihm und erschießt ihn.«

Ich fuhr zusammen. Mein Herz klopfte wie wild. Es wurde also ernst.

»Charly, hör mir zu! Dieser Mann hat keine Verwandten. Niemand weiß, dass er existiert, niemand wird ihn vermissen, verstanden?« Er blickte mir eindringlich in die Augen.

Ich nickte schwach.

»Und außerdem«, fuhr er fort, »ist er schwer krank. Seine Leber ist völlig hinüber. In ein paar Monaten stirbt er sowieso.« Er lächelte mir aufmunternd zu. »Du tust ihm einen Gefallen, es gibt also keinen Grund, diesmal fortzulaufen, in Ordnung?«

Ich betrachtete mein Opfer etwas genauer. Er hatte einen langen verfilzten Bart, seine Kleidung war völlig zerrissen. Man konnte ihre ursprüngliche Farbe nicht mehr erkennen.

»Denk doch nur an Tommy«, säuselte Luz. »Du tust

das für ihn, du willst zu ihm, etwas anderes zählt nicht!«

Er hatte recht. Ich ging entschlossen los und umklammerte fest den Griff der Pistole.

Direkt vor dem Obdachlosen blieb ich stehen. Er hat eine kranke Leber, redete ich mir ein. Niemand wird ihm nachtrauern. Ich hatte solche Sehnsucht nach meinem geliebten Mann! Ich schloss die Augen und sah Tommys unwiderstehliches Lächeln vor mir. Er war so wunderschön gewesen, so klug, so charmant. Ich liebte ihn immer noch hoffnungslos.

Der Mann nuschelte etwas.

Ich öffnete die Augen und sah, dass er mir seine Schnapsflasche anbot.

Ein Stich durchfuhr mein Herz. Aus dem dreckigen Gesicht des Obdachlosen blickten mir zwei trübe Augen entgegen. Während er mit krächzender Stimme unentwegt weiter brabbelte, schenkte er mir ein trauriges Lächeln.

Ich erwiderte das Lächeln, zog einen Fünfeuroschein aus der anderen Jackentasche, drückte sie ihm in die Hand und eilte mit schnellen Schritten davon – direkt in die Arme von Luz. Ich grinste ihn verlegen an.

Sein Gesicht war starr wie eine Maske. Er sagte gar nichts, sondern deutete nur auf den armen Mann.

Neuer Versuch! Warum war ich bloß so verdammt feige? Ich ging sehr viel langsamer mit schlotternden Beinen zu ihm zurück. Der Obdachlose bestaunte den Geldschein in seiner Hand.

»Guten Abend«, sagte ich höflich. »Also, ich habe gehört, Sie sind krank. Der Mann nuschelte etwas, was ich nicht verstand. Er grinste mich mit einem zahnlosen Lächeln an. Die Frau von gegenüber war nun auch aufgewacht und blickte sich verwirrt um.

»Sie werden das vielleicht nicht verstehen, aber ich muss Sie jetzt leider erschießen.«

Er verstand kein Wort von dem, was ich sagte, sondern prostete mir zu.

»Charly, was soll das?« Luz stand plötzlich hinter mir. »Du sollst ihn töten und ihn nicht unterhalten.«

Er sah mich ärgerlich an.

»Entschuldige, aber ich mache das nicht so oft«, fauchte ich gereizt.

»Schön, und wo ist dein Problem?«, giftete er ungeduldig zurück.

»Lass mir nur einen kurzen Moment Zeit, ja?« Ich raffte meine Schultern. Ich wollte es doch, ich wollte in die Hölle. Ich zog die Waffe aus meiner Jackentasche und hielt sie lässig über meine Schulter. Dann steckte ich sie schnell wieder in die Tasche.

»Was ist, wenn uns einer sieht?«

Luz sah sich langsam um. Außer uns war natürlich niemand hier. Die Polizisten hatten schließlich alle vertrieben. Er hob zweifelnd eine Augenbraue. »Und wer soll uns sehen, Charly? Ich meine außer der da?« Er deutete auf die Frau hinter uns.

Ich verzog den Mund und holte erneut die Waffe hervor. Mit zitternder Hand richtete ich die Pistole auf den Obdachlosen. Dieser zwinkerte mir zu und lallte vergnügt.

»Charly, das ist nur ein Penner. Du kennst ihn nicht, du magst ihn nicht, du hasst ihn sogar.« Luz' Stimme war ganz dicht an meinem Ohr. Sie wirkte abermals wie ein Betäubungsmittel. Ich bemerkte, wie eine warme Trägheit durch meine Adern floss. Auch die Waffe in meiner Hand wurde ganz leicht. Ich grinste den Obdachlosen blöd an.

Na also, nun einfach abdrücken, dachte ich träge, als genau in diesem Moment die Frau von der Wand gegenüber entsetzt aufkreischte. Erschrocken fuhr ich zusammen. Luzifers Wirkung war im Nu erloschen und ich versteckte die Waffe schnell wieder in meiner Jackentasche.

Luz seufzte genervt.

»Ey! Die hat ja eine Knarre!«, kreischte die Obdachlose und versuchte schwankend aufzustehen. Das gelang ihr jedoch nicht. Sie plumpste mit einem dumpfen Knall auf ihren Hintern und schrie um Hilfe. Mein kranker Obdachloser prostete ihr nur lachend zu.

»Pssst. Nun beruhigen Sie sich doch!«, redete ich freundlich auf sie ein, doch leider mit dem entgegengesetzten Effekt.

Sie schrie nur lauter, fuchtelte mit den Armen und rutschte hilflos auf dem schmutzigen Boden umher.

»Die will uns kaltmachen!«, schrie sie weiter und nun bemühte sich auch der Mann auf die Beine zu kommen. Er stützte sich mit beiden Händen an die Wand, wobei er seine Schnapsflasche nicht mehr festhalten konnte und sie krachend zu Boden fiel. Fassungslos starrte er einen Moment auf die zerlaufende Flüssigkeit. Sein Gesicht lief vor Wut rot an und ich konnte mir gerade noch schützend die Ohren zuhalten, als er anfing, wie ein verwundeter Gorilla zu brüllen. Die Frau gegenüber stimmte kreischend ein.

Luz lachte amüsiert. Während ich krampfhaft nachdachte, bogen die beiden Polizisten um die Ecke. Ich merkte, wie mein Blut in die Füße stürzte. Die Männer blieben kurz verwundert stehen und eilten dann stürmisch auf uns zu. Luz legte einen Arm um meine Taille und verhinderte so, dass ich zusammensacken konnte.

Ich krallte mich fest an seinen Designeranzug.

»Entspann dich, Charly«, raunte er mir zu und lächelte den Beamten entgegen.

Ich konnte nicht lächeln. Ich hatte eher Mühe, das laute Summen in meinem Kopf zu verdrängen.

Der dicke Polizist erreichte uns mit besorgtem Gesichtsausdruck. »Ist alles in Ordnung bei Ihnen?« Er musste sich anstrengen, das Geschrei zu übertönen, und warf den Obdachlosen verächtliche Blicke zu. »Haben die Sie belästigt?«

Ich japste nach Luft.

»Nein, alles in Ordnung.« Luz quoll über vor Freundlichkeit. »Meiner Freundin ging es nicht gut, also haben wir gedacht, wir nehmen eine Abkürzung.«

Der Beamte nickte und half dann seinem Kollegen. Die kreischende Frau schlug verzweifelt mit den Fäusten auf den Boden, bevor die Polizisten ihr Handschellen anlegen konnten. Ungläubig schaute ich dabei zu, wie sie auch dem Mann die Hände zusammenketteten.

»Entschuldigung!« Ich hatte meine Stimme wiedergefunden. Meine Angst war verschwunden, ich wurde ärgerlich. »Die beiden haben doch gar nichts getan!« Der dünnere Polizist drehte sich um und grinste mich an.

»Reine Routine«, erklärte er und zerrte die Frau auf die Beine.

»Lass das, Charly!«, zischte Luz warnend.

»Aber …«, wollte ich sagen, doch Luz schleuderte mich sanft herum und steuerte dem Ausgang entgegen. »Wir gehen jetzt, Charly!«, knurrte er wütend.

Ich fühlte mich elend. Wäre ich nicht gewesen, würden sie jetzt friedlich schlafen oder eben trinken. Wir stiegen wieder in die S-Bahn und fuhren zurück zum Hauptbahnhof. Traurig und erschöpft stolperte ich hinter Luzifer hinterher, der mit ausdruckslosem Gesicht und Siebenmeilenschritten an den Geschäften vorbeihechtete. Kurze Zeit später wurde ich unsanft in den roten Jaguar verfrachtet und Luz brauste mit Vollgas los. Er sprach kein Wort. Seine Augen schimmerten dunkelrot und er knirschte hörbar mit den Zähnen. Seine Hände umklammerten das Lenkrad, die Haut über den Knöcheln war schneeweiß.

Ich hatte es wieder vermasselt. Aber es wäre nicht richtig gewesen. Trotzig schüttelte ich den Kopf und dachte an Tommy. Ich vermisste ihn so sehr, dass mir die Luft wegblieb. Mein Herz zog sich schmerzhaft zusammen. Mit Tränen in den Augen starrte ich aus dem Fenster.

Die Geschwindigkeit störte mich nicht mehr. Wir sausten durch die Straßen und mussten urplötzlich eine Vollbremsung einlegen, da direkt vor uns ein Chaos ausgebrochen war. Auf der stets überfüllten Hauptstraße standen hunderte von Autos kreuz und quer herum. Dazwischen irrten dutzende Menschen ziellos umher oder standen in kleinen Gruppen zusammen und diskutierten. Direkt neben uns spielten Kinder mit einem bunten Ball. Ich blinzelte verwirrt. Es war doch mitten in der Nacht! Neugierig reckte ich den Hals und versuchte herauszufinden, was den Verkehrstumult verursacht hatte. Vielleicht ein Unfall? Entsetzt zuckte ich zusammen, als jemand an die Fensterscheibe klopfte. Schon wieder ein Polizist! Ich warf einen gehetzten Blick zu Luz, doch der grinste nur und ließ meine Fensterscheibe hinunter.

»Guten Abend!«

»Einen wunderschönen guten Abend!«, erwiderte Luz und ich versuchte zu lächeln. Es war aus, sie hatten uns gefunden. Meine Hände wurden schwitzig. Irritiert bemerkte ich die Alkoholfahne, die mir entgegenschlug, als sich der Polizist in mein Fenster lehnte. Betrunken im Dienst? Mein Respekt löste sich in Luft auf.

»Hier geht es nicht weiter«, erklärte der Beamte nuschelnd.

War das eher Whiskey oder Cognac? Ich rümpfte die Nase.

»Sie können entweder umdrehen oder Sie lassen Ihren Wagen einfach stehen und feiern mit uns«, fuhr er fort und schwankte dabei breit grinsend von einem Bein auf das andere.

Luz' ungeduldiges Grunzen wurde von einer südländischen Musik übertönt. Die Leute fingen vor uns an zu tanzen. Sie klatschten in die Hände und sangen zu einem spanischen Lied, von dem sie unüberhörbar den Text nicht kannten. Den richtigen Ton trafen sie auch nicht.

»Was genau wird denn hier gefeiert?«, erkundigte ich mich verwirrt.

Aber der Polizist hörte mich nicht mehr, er hatte sich eine zierliche Blondine geschnappt und war bereits auf dem Weg zu den Tanzenden.

»Das gibt es doch nicht!«, rief ich empört. »Das ist hier eine Straße, haben die denn nichts Besseres zu tun?«

Aber Luz erwiderte nichts. Er versuchte zu wenden, was gar nicht so einfach war, da sich hinter uns schon eine hupende Autoschlange gebildet hatte, und fuhr schließlich mit quietschenden Reifen los. Natürlich auf der falschen Seite der Fahrbahn. Die entgegenkommenden Fahrer wichen erschrocken vor uns aus. Im Zickzack jagten wir über die Straße. Ich klammerte mich wieder in den vertrauten Sitz. Meine Fingernägel hatten schon beeindruckende Spuren hinterlassen. Luz jauchzte vor Vergnügen. Zumindest hatte sich seine Laune verbessert.

»Ach, heute Abend existieren wohl überhaupt keine Verkehrsregeln mehr, was?«, giftete ich ihn an. »Wo fahren wir denn überhaupt hin?«

»Ach, komm schon, Schätzchen, sei doch nicht so verkrampft. Deine Mitmenschen sind es doch auch nicht, wie du siehst.« Er schaltete das Radio an. Robbie Williams flötete aus jeder Ecke des Wagens seinen Song »Angel«. Ich schnaubte verdrießlich. Schon wieder Engel. Gab es denn keine besseren Liedtexte?

Ein Fahrzeug flog krachend aus der Bahn, um uns auszuweichen. Ein weiteres Auto schlingerte und drehte sich im Kreis, als der Fahrer versuchte, dem Geisterfahrer Platz zu machen. Schließlich flog es ebenfalls gegen die Leitplanke. Ich schloss die Augen. Mir war übel.

»Bitte, Luz. Nur ein bisschen langsamer und auf der richtigen Spur, ja?«, flüsterte ich flehend. »Wohin fahren wir denn eigentlich? Die Stadt liegt doch genau in der anderen Richtung.« Wollte er mich zur Strafe nun doch umbringen? Immerhin hatte ich es zum zweiten Mal nicht geschafft, jemanden zu töten.

»Wir fahren ein bisschen ans Meer. Es dauert eine Weile, entspann dich einfach«, beruhigte mich Luz freundlich.

Ans Meer. Natürlich. Wir hatten ja auch nichts Besonderes mehr vor, dachte ich zynisch. Ich entspannte mich tatsächlich etwas, als Luz von der Kraftstraße abfuhr und wieder auf der richtigen Fahrspur landete.

Betrübt lauschte ich dem Gesang aus dem Radio. Ich dachte an die beiden Obdachlosen, an den tanzenden Verkehrsstau und schließlich wieder einmal an Tommy. Traurig spielte ich mit dem Medaillon um meinen Hals. Warum war alles nur so furchtbar kompliziert? Schließlich nickte ich vor Erschöpfung ein.

Ich erwachte ruckartig, als Luz mich unsanft an der Schulter rüttelte. Verschlafen sah ich mich um. Es war noch stockfinster. Weit und breit war nichts zu sehen, keine Häuser, keine Laternen.

»Wir sind da. Komm, Charly, beeil dich! Die Sonne geht bald auf.« Er zog ungeduldig an meiner Hand. So aufgeregt wirkte er tatsächlich etwas sympathisch. Verschlafen krabbelte ich aus dem Auto und wurde von Luz davongezogen. Er hechtete mit Riesenschritten vorweg und ich hatte Mühe damit, hinterherzukommen. Wir befanden uns inmitten sandiger Dünen. Es war immer noch sehr warm, aber ein leichter Wind trug den unverkennbaren Geruch des Meeres zu uns. Ich sog die salzige Luft tief in meine Lungen. Wunderbar! Ich war schon ewig nicht mehr an der See gewesen. Dünen, Sand und das alles bei völliger Finsternis. Es roch nach Abenteuer und Kinderstreichen.

»Warte mal kurz!« Ich stemmte mich mit aller Kraft in den Sand, sodass Luz einen kurzen Moment innehielt. Lächelnd zog ich meine Schuhe aus und spürte den kribbelnden, kühlen Sand zwischen den Zehen.

Luz schüttelte belustigt den Kopf und eilte weiter. Lachend lief ich hinter ihm her, dem Meer entgegen. Nun konnten wir schon das leise Rauschen der Wellen vernehmen. Es erinnerte mich an meine Kindheit, als wir die Ferien am Meer verbracht hatten. Ich fühlte mich frei und sorglos. Es störte mich auch nicht, dass ich in der Dunkelheit kaum etwas sehen konnte.

Nach einer Weile blieb Luz endlich stehen. Ich kniff meine Augen zusammen, um besser sehen zu können, und bemerkte einen Maschendrahtzaun direkt vor uns. Vorsichtig streckte ich meine Hände danach aus. Der Zaun fühlte sich kalt und rostig an. Er musste schon uralt sein.

»Wo sind wir hier?«, fragte ich neugierig.

»Ein Dichter würde sagen, an dem Ort deiner Träume. Ein Regisseur wäre wohl eher davon begeistert, hier einen Psychothriller zu drehen.« Ich konnte das breite Grinsen aus seiner Stimme hören.

Ich wartete nur ab, sagte gar nichts. Was hatte das denn nun schon wieder zu bedeuten?

»Es ist ein Leuchtturm, Charly. Ein sehr alter Leuchtturm.« Er lachte. »Er ist abgesperrt wegen Einsturzgefahr.« Und damit riss er den Zaun mühelos wie Zuckerwatte auseinander. Einladend deutete er auf das Loch. Ich starrte ihn ungläubig an.

»Das ist ja alles sehr schön, ich meine, ich war noch nie bei einem Leuchtturm.« Ich kniff die Augen fester zusammen und erkannte schemenhaft einen riesigen Schatten vor uns, der hoch in den Himmel ragte. »Aber was wollen wir hier?« Die Wahrscheinlichkeit, ein potenzielles Mordopfer anzutreffen, war wohl eher gering.

»Warte es doch mal ab!« Luz lachte geheimnisvoll und schob mich durch die Zaunlücke.

»Vorsicht, verletz dich nicht.« Er deutete auf den Boden. Ich konnte nur schwer die Umrisse von

Brettern, Steinen und allerlei vergessenen Gerümpel ausmachen.

»Nein, warte!« Gerade wollte ich zaghaft einen Schritt machen, als Luz mich schwungvoll über seine Schulter warf. Empört trommelte ich mit den Fäusten auf seinen Rücken und schimpfte. Doch Luzifer interessierte das gar nicht, er bahnte sich fröhlich pfeifend einen Weg durch das Gelände. Ich erkannte neben uns eine riesige Rolle Stacheldraht und ich trat mehrmals gegen leere Getränkedosen, die scheppernd auf dem Boden kullerten. Eine Mülldeponie war nichts dagegen. Wahrscheinlich war dies doch sicherer, als selbst zu laufen.

Schließlich setzte Luz mich vorsichtig direkt vor einer alten Holztür ab. Der Leuchtturm war höher, als ich gedacht hatte. Bedrohlich ragte er in den noch schwarzen Himmel hinauf. Unbehaglich schüttelte ich mich. Das Meer war jetzt ganz nahe, ich schmeckte Salz in meinem Mund. Luz trat mit einem gewaltigen Schwung die Tür ein. Es krachte laut, als tausende Holzsplitter durch die Luft flogen. Ich rieb mir nervös die Hände. Psychothriller war wohl doch eine ganz gute Beschreibung. Mit einem Mal wurde mir bewusst, was er vorhatte. Ich schnappte nach Luft, stolperte einen Schritt zurück und fiel über eine herumliegende Blechtonne.

Fluchend rappelte ich mich auf.

»Charly, alles in Ordnung?« Luz drehte sich besorgt zu mir um.

»Nein, gar nichts ist in Ordnung«, giftete ich zurück.

Verwundert sah er mich an.

»Wenn du glaubst, ich mache auch nur einen Schritt auf dieses Schrottgebäude, dann hast du dich aber geirrt!«, sagte ich bestimmt und machte einen weiteren Schritt zurück, diesmal ohne Sturz.

»Charly, was hast du denn? Du brauchst dir keine Sorgen zu machen, ich passe schon auf dich auf!«, sagte Luz verwirrt.

Der Teufel passte auf mich auf. Na großartig, dann war ja alles in Butter.

»Nein, du verstehst das nicht. Ich habe Höhenangst. Wirklich wahnsinnige Höhenangst. Ich bekomme Panikattacken. Und deshalb werde ich jetzt schon mal zum Auto zurückgehen. Das ist ja sehr nett hier, der Turm ist auch wirklich wunderschön, aber das reicht dann auch für heute.« Und damit tapste ich unbeholfen zurück.

»Und wo genau willst du hin?«

Verdammt! Er hatte natürlich recht. Ich hatte keinen blassen Schimmer, in welche Richtung ich gehen musste. Ich hatte ohnehin einen grausigen Orientierungssinn und in der Dunkelheit gab es keinerlei Anhaltspunkte. Wütend stampfte ich mit dem Fuß auf.

»Charly, nun beruhige dich doch. Also, du bist wirklich seltsam! Glaubst du, ich lasse zu, dass dir etwas passiert? Die Vorstellung, mich eine Ewigkeit mit deinem Mann herumzuschlagen, ist nicht besonders prickelnd, weißt du?«

Tommy! Traurig ließ ich meine Schultern hängen. Für ihn würde ich alles tun. »Muss das denn sein, dass wir da hochgehen?«, fragte ich mutlos.

Luz lachte amüsiert. »Ja, das muss sein, sonst wirkt es nicht. Keine Sorge, es ist gar nicht so furchtbar, du wirst schon sehen.«

»Na, das muss ja etwas ganz Umwerfendes sein, was du mir zeigen willst«, maulte ich und machte einen Schritt durch die kaputte Tür.

Luz lächelte geheimnisvoll und schob ein paar Bretter zur Seite.

Es war genauso schlimm, wie ich es mir vorgestellt hatte. In dem Turm ragte eine uralte Wendeltreppe hinauf. Oder besser gesagt, das, was noch davon übrig war. Luz zündete sein Feuerzeug an. Ratten huschten um unsere Füße und versteckten sich in dem Gerümpel. Angewidert verzog ich den Mund. Das Gemäuer war alt, der Putz war zum größten

Teil abgeblättert und in der Wand klafften riesige Löcher. Luz deutete zur Treppe. Zaghaft trat ich auf die unterste Stufe. Sie knarrte bedrohlich. Die nächsten Stufen fehlten ganz. Auch das Geländer war entweder morsch oder nicht mehr vorhanden. Zweifelnd ging ich wieder zurück und erwischte dabei eine Maus, die schrill quietschte.

»Vertrau mir einfach, Charly. Mach einen Schritt nach dem anderen.«

Leichter gesagt als getan. Aber warum sollte ich nicht zum ersten Mal in meinem Leben mutig sein? Behutsam ging ich aufwärts. Luz folgte mir. Ich musste mich so konzentrieren, nicht aus Versehen eine kaputte Stufe zu erwischen, dass ich sogar meine Höhenangst vergaß. Dann war es geschafft. Triumphierend trat ich auf die Aussichtsplattform. Gleich darauf presste ich mich panisch mit dem Rücken gegen die Wand. Unter mir tat sich die schwarze Tiefe bedrohlich auf. Meine vertraute Höhenangst war wieder da. Mein Magen drehte sich und mein Kopf fuhr Achterbahn. Mein Atem ging schnappartig. Was hatte mich bloß geritten, auf diesen verdammten Turm zu steigen?

»Charly?«

Ich antwortete nicht, sondern starrte verzweifelt in die unheimliche Leere vor mir. Es fühlte sich an, als würde der Turm knarrend von einer Seite zur anderen schwanken.

»Charly, ich bin bei dir. Ich halte dich fest, dir wird nichts passieren.« Luz' sanfte Stimme beruhigte mich ein wenig. Er legte behutsam den Arm um meine Taille. »Siehst du, es ist gar nichts los.«

Langsam ließen wir uns zu Boden sinken. Ich klammerte mich fest an ihn. Wir mussten aussehen wie ein Liebespaar, dachte ich ironisch. Allmählich gewöhnte ich mich an die Situation. Mein Körper ignorierte nach und nach, dass er eigentlich nicht geschaffen war, um in den Lüften zu leben, und protestierte nicht mehr gegen die Höhe. Ich sah mich vorsichtig um. Früher war hier einmal ein Geländer gewesen war, aber nun trennten uns nur noch ein paar morsche Bretter von dem Abgrund.

»In Ordnung.« Ich holte tief Luft. »Nun sind wir ja hier, aber warum?« Ich warf Luz einen fragenden Blick zu.

Er lächelte geheimnisvoll. »Ich möchte dir zeigen, was du später einmal verpassen wirst. Die Sonne geht gleich auf.«

Eine Weile passierte gar nichts. Aber dann verfärbte sich der Himmel. Ich hielt den Atem an. Zögernd tanzten die ersten Strahlen über das Meer, bis sie sich tausendfach in den Wellen widerspiegelten. Ein sanfter rötlicher Schimmer erstreckte sich allmählich über das Wasser, bis schließlich das gesamte Meer von den schillernden, brennenden Farben überschwemmt wurde. Ein riesiger feuerroter Ball tauchte nach und nach am Horizont aus der Tiefe auf.

»Es ist wunderschön«, murmelte ich benommen. »Es ist der fantastischste Sonnenaufgang, den ich je erlebt habe.« Ein verirrter Sonnenstrahl kitzelte mein Gesicht. Mein Haar tanzte im leichten Wind.

»Ihr Menschen erkennt seine wahre Schönheit nicht«, sagte Luz. Seine Stimme war voller Bitterkeit.

Überrascht sah ich ihn an.

»Ihr benutzt ihn für Romantik. Lieder, Gedichte, Liebe. Dabei bedeutet er viel mehr.« Er sah mich verächtlich an. »Ein neuer Tag wird geboren. Das ist ein Kunstwerk, er enthüllt Geheimnisse, zeigt verborgene Wege, aber ihr seid blind dafür.« Luz seufzte wehmütig und streckte seine Hand den Strahlen entgegen.

»Du hättest meine Sonnenaufgänge sehen sollen, Charly. Dagegen ist das hier ein jämmerlicher Anfängerversuch.«

»Deine Sonnenaufgänge?«, fragte ich neugierig. Ich erinnerte mich wieder daran, dass er so etwas ähnliches schon einmal erwähnt hatte.

Aber Luzifer antwortete nicht. Er schaute gebannt zum Himmel und sprang plötzlich aufgeregt auf und zog mich mit hoch. »Da vorne. Sie kommen!« Er deutete auf den Horizont.

Ich schwankte. Verzweifelt klammerte ich mich an ihn und versuchte etwas zu sehen, aber außer der stetig größer werdenden Sonne war nichts zu erkennen.

»Hörst du es? Das ist der Gesang des Himmels!«

Ich lauschte angestrengt, konnte aber nichts Außergewöhnliches hören.

Luzifer betrachtete mich kopfschüttelnd. Dann stellte er sich ganz dicht hinter mich und umschlang mit seinen Armen meinen Körper. Ich zuckte zusammen, da mich die plötzliche Nähe überraschte. Seltsamerweise störte es mich nicht und ich ließ es geschehen. »Schließ die Augen, Charly, vertrau mir.«

Ich gehorchte. Er summte leise in mein Ohr. Und dann hörte ich es tatsächlich. Flügelschlagen! In meinem Kopf ertönte ein rhythmisches, melodisches, sanftes Schlagen von riesigen Schwingen. Erstaunt öffnete ich die Augen und erblickte weit entfernt am Horizont große vogelähnliche Wesen in einer kunstvollen Formation.

»Was ist das?«, fragte ich. Ich bekam eine Gänsehaut.

»Engel«, raunte Luz in mein Ohr. »Sie leiten den neuen Tag ein.« Er klang dabei so traurig und sehnsüchtig, dass ich mich von dem wundervollen Anblick losriss und ihn überrascht ansah.

»Du warst einmal einer von ihnen, oder?«, fragte ich vorsichtig.

»Einer von ihnen!« Er lachte höhnisch. »Ich war der Erste! Der Erste und der Mächtigste. Dies hier war meine Aufgabe gewesen, meine ganz allein. Jeden Morgen habe ich der Welt unvergessliche Sonnenaufgänge geschenkt. Ich bin allen vorangeflogen, gefolgt vom Licht. Kannst du dir vorstellen, wie das ist? Ich war der Luzifer. Der Lichtbringer. Der Morgenstern.« Er umklammerte mich fester, seine Stimme wurde zornig. »Und dann kamt ihr, niederknien sollte ich vor euch Menschen. Dabei seid ihr so dumm, so schwach und undankbar. Ich bin aus Feuer geschaffen, nicht so wie ihr aus Materie. Ihr hättet vor mir niederknien sollen, nicht umgekehrt.«

Es ärgerte mich, dass er mich als dumm bezeichnete, aber dennoch tat er mir auf einmal furchtbar leid. Ich sah wieder auf den Horizont, aber der Zauber war vorbei. Keine Engel waren mehr zu sehen. Die Sonne war nun fast vollständig erwacht.

»Sieh es dir genau an, Charly. Bist du dir sicher, dass du für immer darauf verzichten willst? In der Hölle gibt es schließlich keinen Himmel.« Er lachte böse.

Ich atmete tief ein und aus. »Du hast recht, es ist wunderschön. Aber meine Liebe zu Tommy kann nicht durch tausende Sonnenauf- oder -untergänge ersetzt werden.« Ich war mir sicher. So sicher wie noch nie.

»Also schön, warum hast du diesen idiotischen Penner dann nicht einfach erschossen?«

»Das verstehst du nicht. Der Mann war doch völlig unschuldig, ich meine, er hat bestimmt noch niemandem etwas getan. Er hat es nicht verdient, umgebracht zu werden.« Ich wartete auf eine Reaktion.

»Er war unschuldig. Wie süß! Na schön, ich lasse mir noch einmal etwas einfallen.« Luz schüttelte ungläubig den Kopf. »Würde es helfen, wenn du einen Massenmörder wie Jack the Ripper erschießen solltest?«

Ich überlegte kurz. »Hm, na ja, vielleicht«, erwiderte ich zögernd. Dann fiel mir auf einmal etwas ein.

»Sag mal, kannst du eigentlich noch fliegen wie sie? Mit deinen Flügeln? Ich dachte an seine fledermausähnlichen Schwingen.

»Aber, Charly. Um fliegen zu können, braucht man

doch keine Flügel. Siehst du?« Er lachte laut auf und verpasste mir einen heftigen Stoß in den Rücken. Für den Bruchteil einer Sekunde ruderte ich wild mit den Armen. Vergebens. Ich verlor das Gleichgewicht und stürzte lauthals schreiend in die Tiefe. Wie in Zeitlupe wurde mein bisheriges Leben vor meinem geistigen Auge abgespielt. Waren dies meine letzten Sekunden auf dieser Erde? Hatte ich wirklich alles erreicht, was ich wollte? Ich schrie noch lauter und erwartete den Aufprall. Wartete darauf, zu spüren, wie meine Knochen in tausende Einzelteile zerschmetterten.

»Du kannst aufhören zu schreien, Charly. Du stehst wieder auf der Erde.«

Verblüfft klappte ich meinen Mund zu. Vorsichtig sah ich mich um. Tatsächlich. Ich stand wieder auf meinen Beinen, wenn man das so nennen konnte, denn eher hing ich schlaff wie ein Mehlsack in Luzifers Armen. Er hatte mich aufgefangen und ich hatte es nicht einmal bemerkt. Wütend stieß ich ihn von mir.

»Wie kannst du es wagen?! Ich dachte, ich würde sterben! Fass mich nicht an!« Meine Knie waren weich wie Butter, also fiel ich unbeholfen auf den Hintern. Gott sei Dank war der Sand weich. Zornig erhob ich mich wieder. Hatte ich vor ein paar Minuten noch Sympathie für ihn empfunden? Wie konnte ich nur! Er war mit Abstand das arroganteste und ekelhafteste Wesen, das ich jemals gesehen hatte.

»Hallo, Charly?! Krieg dich ein! Ich hab doch gesagt, ich passe auf dich auf.« Luz streckte mir besänftigend die Hand entgegen. »Außerdem, das wolltest du doch immer, weißt du noch?« Er grinste mich an. Einen kurzen Augenblick lang dachte ich an unsere erste Begegnung auf dem Dach. War das erst gestern gewesen?

Ich schnaubte, machte auf dem Absatz kehrt und stapfte davon. Immerhin war es mittlerweile hell, in der Ferne konnte ich das rote Auto leuchten sehen.

»Du passt auf mich auf? Ja, das habe ich gemerkt! Lass mich raten, warum hat man dich noch mal aus dem Himmel verstoßen? War es vielleicht Hochmut? Kommt das hin, ja?« Widerlicher Kerl! Aufgewühlt rannte ich davon. Die Bewegung tat mir gut. Hinter mir rief Luz meinen Namen.

»Lass mich in Ruhe! Du kannst deinen Psychothriller alleine drehen, du Belzebubi!« Hastig stolperte ich durch den weißen Sand. Alle Romantik war vergessen. Ich fühlte mich unglaublich veräppelt.

Schließlich erreichte ich außer Atem den Jaguar. Und wie sollte es auch anders sein: Luz war bereits da und hielt mir einladend die Tür auf.

Resigniert stieg ich ein. Mein Herz raste noch immer.

»Du solltest dringend etwas essen«, sagte Luz und startete den Motor. »Übrigens bin ich nicht Belzebub. Belzebub ist einer meiner Fürsten in der Hölle.«

Ich rollte mit den Augen und schmollte vor mich hin.

Wortlos fuhren wir eine Weile, bis Luzifer endlich das Schweigen brach.

»Okay, also gut. Es tut mir leid, Charly.« Er lächelte mich entschuldigend an. »Ich wollte dir keinen Schrecken einjagen. Wer kann schon ahnen, dass du so empfindlich bist?«

Empfindlich? Ich schnaubte empört. Aber es hatte keinen Sinn, sich mit ihm zu streiten. Also lächelte ich zurück, wenn auch etwas gezwungen. »Schon gut. Warne mich bitte nächstes Mal, wenn du mir das Fliegen beibringen möchtest, ja?«

Ein Lächeln huschte über Luzifers Gesicht. »Ich wusste ja gar nicht, dass du so wütend werden kannst. Du hast ja richtig Temperament, Charly. Steht dir übrigens ausgezeichnet«, sagte er spitz. »Die langweilige Charlotte entpuppt sich als feuriger Vamp. Sieh an, sieh an.« Das schien ihm zu gefallen. Ich ignorierte die Beleidigung.

»Also was ist genau passiert?«, fragte ich neugierig.

»Warum wurdest du aus der Hölle verstoßen?«

»Ein paar der Engel rebellierten gemeinsam mit mir gegen Gott. Sie weigerten sich ebenfalls den Menschen Respekt zu bezeugen. Es kam zu einem Kampf gegen die anderen Engel. Wir hätten damals beinahe gewonnen, wenn einer meiner Verbündeten mich damals nicht an Michael verraten hätte.«

»Ach ja, der Engel Michael.« Ich erinnerte mich an Bilder aus meinem Kunstunterricht. Die Bilder zeigten den Engel auf einem schönen weißen Pferd der einen Drachen bekämpfte.

Luzifer schnaufte verächtlich. »Michael hat mich besiegt und als Strafe wurden wir zu gefallenen Engelen. Wir wurden aus dem Himmel verstoßen und in die Hölle verbannt.«

»Aber das alles wäre ohne die Rebellion nicht geschehen«, meinte ich nachdenklich. Luzifer warf mir einen bitterbösen Blick zu, also hielt ich lieber den Mund und schloss meine Augen.

Schläfrig stieg ich ein paar Stunden später vor meiner Wohnung aus dem Jaguar. Überrascht bemerkte ich die vielen zerbrochenen Flaschen auf der Straße. »Wer hat denn hier seinen Müll abgeladen?«, fragte ich verwundert.

»Nun, hier hat wohl jemand gefeiert«, erklärte Luz wenig beeindruckt.

Ich blinzelte. Gefeiert? Hier? Ein Straßenfest? Diese Gegend war doch bekannt für seine tödliche Langeweile. Es war schon eine Sensation, wenn ein unabgeschlossenes Fahrrad geklaut wurde. Die Ruhe war ja auch der Grund, warum ich hier hergezogen war. Aber heute war der Asphalt übersät mit Papier, Dosen, Flaschen und sonstigem Müll. Ich taumelte erschöpft die Treppe zu meiner Wohnung hinauf.

Ich war einfach zu müde, um darüber nachzudenken. Immerhin war ich jetzt schon mehr als vierundzwanzig Stunden auf den Beinen. In den ganzen letzten Jahren hatte ich nicht so viel erlebt wie in den vergangenen Stunden. Ich musste zugeben, dass es mir irgendwie gefallen hatte. Ich war gespannt darauf, was wir am nächsten Tag alles erleben würden. Ich torkelte in mein Schlafzimmer, warf mich mitsamt meiner Kleidung aufs Bett und schlief ein. Das letzte, was ich hörte, war Luz, der hinter sich die Tür schloss. Es interessierte mich nicht die Bohne, was er anstellte.

Tag 2

Ein ohrenbetäubender Knall schreckte mich aus dem Schlaf. Verwirrt blickte ich mich um. Ich saß aufrecht in meinem Bett. War das nur ein Albtraum gewesen? Ein Bombenangriff? Aber da ertönte abermals direkt über mir ein furchtbares Scheppern. Panisch stürmte ich aus dem Schlafzimmer in die Küche. Luzifer saß am Tisch und las Zeitung.

»Hast du das eben gehört?«, fragte ich atemlos.

Luz sah mich grinsend an, deutete belustigt auf meine zerzauste Frisur und meinte gelassen: »Ich habe großartige Neuigkeiten, Charly. Dein talentierter Obermieter hat sich ein Schlagzeug zugelegt. Vielleicht liegt ihm das besser. Cello war ja nicht so der Brüller.« Er löffelte gerade ein Glas Nutella – natürlich ohne Brot.

Über uns wurden sämtliche Schlagzeugfunktionen erprobt. Wütend schnappte ich mir einen Besen und stieß damit ein paar Mal kräftig an die Decke. »Hey, Winter, geht's ein bisschen leiser?«

Luz blinzelte amüsiert. »Er heißt Winter?«

Es wurde tatsächlich ruhiger.

»Ja, wieso?« Ich trottete noch ein wenig verschlafen in Richtung Bad.

»Ihr solltet euch zusammentun, Frau Sommer und Herr Winter.« Er schnalzte amüsiert mit der Zunge.

Frisch geduscht setzte ich mich mit meinem Müsli an den Tisch. Ich war gespannt auf den kommenden Tag. Oder besser gesagt Abend, denn es war bereits spät am Nachmittag.

»Wen bringen wir denn heute um?«, fragte ich neugierig.

Luz sah mich böse an. Herr Winter schlug mit aller Kraft auf zwei verschiedene Trommeln.

»Wie wäre es mit ihm?« Luz deutete zur Decke. Verschwörerisch grinsten wir uns an. Er stand auf und rührte sich Zuckerwasser an.

Ich betrachtete ihn kopfschüttelnd. »Sag mal, wird dir gar nicht schlecht?«

Luz sah mich an, als hätte ich gerade etwas ganz Dummes gesagt. Okay – es war dumm. Warum sollte dem Teufel auch schlecht werden?

»Warum isst du überhaupt?«, fragte ich neugierig.

»Warum denn nicht?«, entgegnete er. »Es schmeckt gut.«

»Aber musst du denn essen? Ich meine, müssen übernatürliche Wesen denn genau wie Menschen Nahrung zu sich nehmen?«

»Die meisten schon. Ich nicht. Aber ich esse trotzdem. Wie gesagt, es schmeckt gut.« Er schleckte genüsslich einen weiteren Löffel Nutella ab.

Nun, das konnte ich gut verstehen. Schmunzelnd zog ich die Zeitung zu mir heran. Die erste Seite war voller Schlagzeilen. Letzte Nacht waren hunderte Verkehrsunfälle und Einbrüche passiert. Verwundert las ich einen Artikel genauer. »Berlin im Ausnahmezustand. Polizei im Dauereinsatz«, hieß es. »Hitze und Straßenfeste. Steigt der Sommer zu Kopf?« Das muss tatsächlich am Wetter liegen, dachte ich und war erschüttert über die vielen Toten.

Luz deutete auf die nächste Seite. »Schau mal, wir stehen auch drin«, sagte er stolz.

Tatsächlich: »Roter Jaguar rast als Geisterfahrer durch die Stadt«, las ich vor. »Zwölf Verletzte. Der Fahrer ist nicht ausfindig zu machen.« Beschämt senkte ich die Zeitung. Früher hatte ich über Verkehrsrowdys geschimpft – jetzt war ich selbst einer geworden.

»Schau mal, ich habe etwas für dich!« Luz schleuderte eine riesige Plastiktüte in die Luft und fing sie wieder auf.

»Was ist das?«, fragte ich neugierig und griff nach der Tüte, aber Luz war schneller.

Geheimnistuerisch entfernte er sich ein paar Schritte und zog schließlich triumphierend ein langes dunkelrotes Abendkleid heraus.

»Na, was sagst du? Gefällt es dir?« Erwartungsvoll sah er mich an. In der anderen Hand hielt er ein passendes Paar Stöckelschuhe mit viel zu hohen Absätzen.

»Lass mich raten: Du hast einen neuen Arbeitsplatz für mich im Bordell gefunden!«, sagte ich zynisch und schüttelte abwehrend den Kopf.

Luz rollte mit den Augen. »Auch keine schlechte Idee, aber eigentlich dachte ich, wir gehen heute Abend aus.« Er hielt mir das Kleid entgegen.

»Wir gehen aus«, wiederholte ich lahm. »Und wo gehen wir hin? Ich meine, ich kenne keinen Ort, wo man so einen Fummel tragen könnte. Außer ein Striptease-Lokal natürlich.« Ich betrachtete das Kleid. Es hatte einen schimmernden Stoff und war bestimmt bodenlang. Ich erkannte, dass es sehr knapp war, mehr enthüllte als verhüllte. Das typische Kleid, an dem ich normalerweise naserümpfend vorbeiging.

»Nun zieh doch mal an! Sei doch nicht so verklemmt!«, drängelte Luz. »Du wirst sehen, es steht dir.« Er warf mir das Kleid auf den Schoß.

Es fühlte sich gut an. Ein sehr weicher, eleganter und wahrscheinlich wahnsinnig teurer Stoff.

»Rot ist deine Lieblingsfarbe, stimmt's?«, fragte ich ironisch, seufzte dann aber ergeben und ging ins

Bad. »Also schön, ich probiere es an. Aber glaub ja nicht, dass ich mich damit vor die Tür wage!« Aus den Augenwinkeln sah ich, wie Luz sich zufrieden in den Schaukelstuhl setzte.

Das ist verrückt, dachte ich mir. Das war ja wie Fasching. Ich erinnerte mich an damals, als ich als kleines Mädchen heimlich die schönen Kleider von meiner Mutter angezogen hatte. Sie passten mir natürlich nicht, denn sie waren viel zu groß. Ganz im Gegensatz zu diesem Kleid. Es passte mir wie angegossen, wie eine zweite Haut. Woher kannte Luzifer nur meine Größe?, fragte ich mich verwundert. Na, ich wollte gar nicht darüber nachdenken, was er noch alles über mich wusste. Achtlos warf ich meine zerrissene Jeans und den alten Pulli in die Ecke und betrachtete mich prüfend im Spiegel. »Gar nicht mal so übel, Charlotte«, murmelte ich und drehte mich im Kreis. Das Kleid war wunderschön. Es war tatsächlich sehr knapp. Es zeigte tiefe Einblicke in mein Dekolleté und auch der Rücken war frei. Meine Kurven zeichneten sich deutlich auf dem Stoff ab. Ich kramte in meinem verstaubten Schminkkoffer und malte mich an. Wenn schon aufgebrezelt, dann richtig. Vergnügt kicherte ich vor mich hin. Ich fand sogar einen passenden knallroten Lippenstift und steckte anschließend mein Haar kunstvoll im Nacken zusammen. Solche Mühe hatte ich mir das letzte Mal zu meinem Hochzeitstag gemacht.

»Hey, eine Schönheitsoperation sollte das nicht gleich werden!« Luz trommelte ungeduldig an die Tür.

»Moment!«, rief ich zurück und zog die roten Schuhe an. Sofort geriet ich ins Wanken und konnte mich noch in letzter Sekunde an den Duschvorhang krallen. Dabei schubste ich den Wäschekorb um.

»Charly, alles in Ordnung?«, fragte Luz besorgt.

Verflixt! Ich sah schon die Schlagzeile vor mir: aufgetakelte Tussi tot im Badezimmer gefunden!

»Rote Ökosandalen hast du wohl nicht mitgebracht?«, maulte ich zurück und machte vorsichtig ein paar Schritte. Besser gesagt: Ich stakste wie eine Ente. Ich hielt mich am Türrahmen fest und öffnete die Tür.

Luz stand erwartungsvoll davor und lutschte Schokoladeneis am Stiel.

»Sag ja nichts Falsches!«, warnte ich ihn grimmig.

Er strahlte mich an. »Du siehst hinreißend aus, Charly!«, flötete er. »Wow!« Anerkennend betrachtete er mich von Kopf bis Fuß.

»Ich erkenne dich ja kaum wieder. Du bist rattenscharf.« Er pfiff anerkennend.

»Wer hätte das gedacht? Das hässliche Entlein verwandelt sich zum schönen Schwan.«

Ich grunzte böse und probierte vorsichtig ein paar Schritte.

Luz überschüttete mich weiter mit Komplimenten. »Da muss ich ja heute aufpassen, dass dich niemand verschleppt, so sexy wie du bist.«

Ich blieb abrupt stehen und starrte ihn an. »Moment mal, ich habe doch gesagt, so gehe ich nicht aus dem Haus!«

»Entspann dich, Charly!« Er verdrehte genervt die Augen. »Sag bloß, der ganze Aufwand war umsonst.« Er deutete auf mein geschminktes Gesicht. »Und nun sei nicht albern. Du siehst fantastisch aus.«

»Haha, und wenn mich so jemand sieht? Ich meine, jemand, der mich kennt?«

Luz zuckte mit den Schultern. »Na, der wird sich halt freuen. Das ist doch lächerlich. Komm, wir gehen jetzt was Essen, ich habe im besten Restaurant der Stadt einen Tisch reserviert.« Er duldete keinen Widerspruch und schob mich durch die Wohnungstür.

Worauf hatte ich mich da bloß eingelassen? Hektisch sah ich mich um, aber keiner meiner Nachbarn war zu sehen.

Unbeholfen stakste ich durchs Treppenhaus.

»Okay, ich gebe zu, dein Gang ist nicht besonders sexy!« Er kicherte gehässig. »Du hast die Haltung einer neunzigjährigen Oma.«

»Halt die Klappe, sonst mache ich keinen Schritt weiter!«, zischte ich zwischen zusammengebissenen Zähnen hervor.

Ein wenig später fuhren wir vor dem teuersten Hotel der Stadt vor. Nervös kaute ich an den Fingernägeln.

»Was denn, hier wollen wir reingehen? Bei mir um die Ecke gibt es auch einen Italiener. Der macht die leckersten Pizzas der Stadt.«

Luz seufzte nur. »Wann wirst du endlich erwachsen, Charly? Du hast dich doch lange genug versteckt.«

Ich hatte keine Ahnung, was er damit meinte, aber ein bisschen neugierig war ich schon. Also schritt ich langsam hocherhobenen Hauptes und mit eingezogenem Bauch durch die Glastür. Mit offenem Mund bestaunte ich die prunkvolle Einrichtung. Der Fußboden war aus dunklem Marmor und an der Decke hingen tonnenschwere Kronleuchter. Luz schob mit seiner Hand meinen Unterkiefer zurück an seinen Platz. Ein Kellner führte uns zu unserem Tisch und reichte uns die Speisekarten. Auf unserem Tisch befanden sich lupenreine Gläser, Silberbesteck, kunstvoll gefaltete Servietten und schneeweiße Tischdecken. Ich versuchte mich zu entspannen. Es war eher unwahrscheinlich, dass hier jemand herkam, den ich kannte. Vorsichtig sah ich mich um, immer bedacht, dass nicht einer meiner Spaghettiträger herunterrutschte. Das Restaurant war bis auf den letzten Platz belegt. Die gesamte High Society war anscheinend vertreten. Die Frauen mit Schmuck behangen wie Weihnachtsbäume, die Männer im Smoking mit riesigen Uhren am Handgelenk. Sie alle saßen ungeheuer steif auf ihren Stühlen und führten verkrampft leise Gespräche. Ab und zu lachte jemand gekünstelt auf.

»Da, schau mal!«, flüsterte ich aufgeregt und lehnte mich zu Luz über den Tisch. »Das da hinten, ist das nicht der Bürgermeister?«

»Versuch wenigstens, dich ein bisschen wie eine Dame zu benehmen.« Luz grinste mich spöttisch an und ich setzte mich schnell wieder aufrecht hin. Eine gleichmäßig gebräunte Blondine vom Nachbartisch warf mir einen hochnäsigen Blick zu und verzog ihre aufgespritzten Lippen. Ihr Begleiter, wahrscheinlich ihr Ehemann, war mindestens dreißig Jahre älter und zwei Köpfe kleiner als sie.

Verstohlen betrachtete ich sie und versuchte herauszufinden, welche Körperteile an ihr wohl noch echt waren. Am anderen Ende des Restaurants stimmte eine Jazzband ihre Instrumente. Ich spielte nervös mit dem Medaillon um meinen Hals.

Natürlich konnte ich mich mal wieder nicht entscheiden, also bestellte Luz für mich etwas Vegetarisches. Er selbst wählte ein Menü aus lauter verschiedenen Desserts, aber die üppige Kellnerin im viel zu kurzen Rock war so professionell, dass sie sich ihre Verwunderung nicht anmerken ließ. Dazu gab es für uns den teuersten Champagner, der auf der Karte stand.

Es war wunderbar. Das Essen schmeckte köstlich und der herrlich prickelnde Champagner stieg mir sofort in den Kopf. Leicht beschwipst bemerkte ich, wie hin und wieder eine der elegant verkleideten Damen Luzifer einen bewunderten Blick zuwarf. Er war unübertroffen der Hingucker des Abends. Ich straffte meine Schultern. Allmählich genoss ich meine Rolle. Die üppige Kellnerin kam gefühlt alle zwanzig Sekunden vorbei und bemühte sich, uns jeden Wunsch von den Lippen zu lesen. Sie hatte geschmacklos getöntes und in alle Richtungen stehendes rotes Haar, aber ich fand sie trotz ihrer überaus korrekten Art sympathisch.

Es war eine Ewigkeit her, seitdem ich das letzte Mal richtig schick in einem Restaurant gegessen hatte.

Eigentlich hatten Tommy und ich nie sehr viel zusammen unternommen, dachte ich bedauernd. Wir hatten zusammen ein recht einfaches und unspektakuläres Leben geführt, aber ich war trotzdem immer zufrieden gewesen.

»Warum gibst du dir eigentlich so viel Mühe?«, fragte ich schließlich interessiert. »Ich meine das Kleid, das Essen.« Ich ließ meinen Blick durch den Raum schweifen. »Wäre es nicht einfacher, meinen Fall aufzugeben und wieder in die Hölle zurückzukehren?«

Luz betrachtete mich eingehend. »Du meinst, anstatt mich mit dir zu vergnügen, könnte ich ja auch deinen unausstehlichen Mann in den Kerker werfen, damit er Ruhe gibt?« Er grinste spöttisch.

»Nein, natürlich nicht!«, erwiderte ich hastig. »Aber sehr erfolgreich waren wir ja bisher nicht«, fügte ich betrübt hinzu. »Gibt es denn nur diesen einen Weg in die Hölle?«

»Hm, lass mal überlegen. Na ja, hemmungsloser Sex mit dem Teufel persönlich gibt auch schon ein paar Minuspunkte.« Er beugte sich schelmisch zu mir herüber.

Ich spürte, wie mir das Blut ins Gesicht schoss, und hatte schon eine bissige Bemerkung auf der Zunge, als Luz beruhigend abwinkte. »Keine Angst, Charly.

Ich meine, nicht dass du mir in diesem Outfit nicht gefällst, aber du bist mir doch ein bisschen zu verklemmt. Ich stehe mehr auf Action.« Er zwinkerte mir zu.

Verklemmt? Empört wollte ich etwas erwidern, aber mir fiel nichts ein, und Luz redete auch schon weiter. »Weißt du, du bist tatsächlich ein wenig schwierig«, erklärte er. »Du bist so ein unschuldiges und harmloses Mädchen, da wird einem ja fast übel. Aber ich bin sehr ehrgeizig!«

Ach wirklich? Ich warf ihm einen schiefen Blick zu.

»Ich habe mir in den Kopf gesetzt, dich zu einer erstklassigen Sünderin zu machen, und das ziehe ich auch durch«, fügte er hinzu. »Wir werden uns die nächsten Male halt ein bisschen mehr Mühe geben. Ein bisschen Zeit habe ich noch. Ich habe übrigens gute Nachrichten: Ich habe dein perfektes Opfer gefunden.« Luz lehnte sich zufrieden zurück und bestellte bei der eifrigen Bedienung einen uralten Rotwein.

Mein perfektes Opfer? Ich schluckte. »Was heißt das, ein bisschen Zeit hast du noch? Soll das bedeuten, du machst hier gerade Urlaub, oder so?«

Er lachte amüsiert auf. »Ja, so ähnlich kann man das nennen!«

Die Kellnerin servierte uns den Wein.

»Und was machst du sonst so, wenn du nicht gerade versuchst, unschuldige Mädchen zu verführen? Machst du auch etwas wirklich Sinnvolles wie arbeiten?« Dies war eine seltsame Vorstellung.

Luz schaute mich ernst an. »Aber, Charly, hast du in der Schule nicht aufgepasst? Natürlich habe ich eine sehr wichtige Aufgabe.« Er schüttelte ungläubig den Kopf. »Nun, stell dir doch einmal vor, wie das Leben hier auf der Welt wäre, wenn es keine Angst, keinen Schmerz und keine Kriminalität gäbe? Stell dir vor, die Menschen würden einfach vor sich hin leben, ohne Aufregung, ohne Sorgen. Nur arbeiten, schlafen, essen. Jeder Tag wäre wie der nächste.« Er sah mich erwartungsvoll an.

Ich zuckte mit den Schultern. Klang ein bisschen so wie mein Leben – gar nicht so schlecht. Luz stöhnte verzweifelt auf.

»Das wäre doch grauenhafter als die Hölle selbst. Eine Riesenlangeweile! Ein sinnloses Dahinvegetieren, ein endloses Warten auf den Tod. Würde dir das gefallen?«

»Äh, keine Ahnung.« Ich hatte wirklich keinen blassen Schimmer.

Luz entspannte sich zufrieden. »Siehst du, und da komme ich. Ich sorge ein bisschen für Abwechslung.«

»Ach so. Natürlich. Abwechslung. Und wie machst
du das? Marschierst du durch die Welt und suchst
die nächsten Amokläufer aus? Zeigst du auf jemanden und beförderst ihn damit zum Vergewaltiger?«
Ich hatte schon wieder das Gefühl, veräppelt zu
werden.

»Aber, Charly. Ich sage den Menschen doch nicht,
was sie tun sollen. Das darf ich gar nicht. Das wäre
gegen die Regeln. Nun, ich beeinflusse sie ein wenig. In speziellen Fällen sogar ein wenig intensiver,
wie du siehst.« Er gluckste amüsiert.

Ich nahm noch einen großen Schluck Rotwein. Als
überzeugter Nichtalkoholtrinker wurde ich allmählich betrunken. »Wie?«, fragte ich nur.

»Nun ja.« Luz schwenkte gekonnt sein Weinglas in
der Hand. »Es ist eine Art Melodie, Musik halt.«

»Musik. Du willst damit sagen, du singst ein Lied
und jemand, der es hört, wird zum Serienkiller?«

»Herrgott noch mal! Ich sagte doch schon: Ich sage
ihnen nicht, was genau sie machen sollen.« Er klang
ein wenig gereizt. »Melodien beeinflussen die Gefühle der Menschen. Hat dich noch nie ein trauriges
Lied zum Weinen gebracht? Oder ein fröhliches
zum Mitsingen, zum Tanzen? Warst du noch nie
deprimiert nach zwei Stunden Oper?« Er beugte
sich ganz nah zu mir herüber. »Es ist ganz einfach.

Ich sende meine Melodie zu euch Menschen, ich schicke euch Leidenschaft. Es liegt an euch, was ihr daraus macht. Sie ist es, die das erbärmliche Dasein erträglich macht, die Langeweile vertreibt. Aus Leidenschaft kann alles Mögliche entstehen: Liebe, Sex, Fantasie, Neid, Eifersucht bis hin zu Hass oder Gier. Jeder nimmt es halt anders auf. Einige wenige reagieren überhaupt nicht.« Er warf mir einen schiefen Blick zu. »Es ist die Leidenschaft, die jemanden dazu befähigt, ein Kunstwerk zu vollbringen, oder die ihn in die Verzweiflung treibt. Etwas Außergewöhnliches ist nicht immer schlecht, es gibt nicht nur Schwarz und Weiß, Charly!«

Mir schwirrte der Kopf. Seine Rede hatte meine gesamte Vorstellung von Gut und Böse durcheinandergebracht.

Er beugte sich geheimnisvoll vor. »Wie wäre es mit einer kleinen Kostprobe?«

Kostprobe? Nun ja. Warum auch nicht. Ich nickte langsam.

»Okay, Charly, dann pass mal auf!«

Er nahm unsere Trinkgläser und strich vorsichtig mit seinem Finger über den zerbrechlichen Rand.

Ein leises, zaghaftes Summen erklang.

»Du machst Musik mit Gläsern!«, rief ich begeistert. Schon als Kind hatten mich Straßenkünstler fasziniert, die auf ein paar dutzend Gläsern ganze Lieder spielen konnten. Natürlich war ich selbst viel zu ungeschickt für so etwas.

Luz lächelte verträumt und brachte ein weiteres Glas zum Schwingen. Dazu summte er eine fremdartige, aber auf seltsame Weise wunderbar ergreifende Melodie. Die Töne erreichten auch die anderen Gäste im Raum, denn um uns herum wurde es auf einmal sehr still. Die Bandmitglieder ließen einer nach dem anderen ihre Instrumente sinken und sahen sich verwirrt an. An den Tischen verstummten die Gespräche. Die Gäste sahen sich irritiert im Raum um, lauschten, sie schienen gespannt auf die nächsten Klänge.

»Was passiert hier?« Verwundert schaute ich mich um und musterte die Blondine vom Nachbartisch. Ihre Augen waren glasig, als sähe sie durch mich hindurch, als wäre sie in einer ganz anderen Welt.

Luz gluckste heiter. Er summte eine Nuance lauter und auf einmal füllte sich der Raum mit Stöhnen und Keuchen. Eine unbegreifliche Erregung durchschoss meinen Körper. Jeder Millimeter meiner Haut kribbelte, die Haare stellten sich auf. Mein Atem ging schneller. Mein Herz pochte stärker.

Ich fühlte eine ungeheure Anspannung in der Luft schweben, unsichtbar, unergründbar, aber überaus mächtig.

»Was machst du mit mir?«, fragte ich außer Atem. Meine Finger krallten sich in das Tischtuch.

Luz lachte triumphierend und hässlich auf. Er summte noch etwas lauter und dann veränderte sich etwas. Es war unsere Kellnerin. Sie marschierte mit hoch erhobenem Kopf und forschen Schrittes durch den Raum. Zielstrebig steuerte sie geradewegs auf die Bühne zu, auf der die Band stand. Ihre Schuhe knallten mit jedem Schritt auf das kostbare Parkett. Dabei fuhr sie sich schnell durch ihr wirres Haar und zog an dem kurzen Rock. Sie stieg entschlossen auf die Bühne, schnappte sich ein Mikrofon und räusperte sich laut. Die Musiker sahen sie etwas verdattert an, warteten aber geduldig darauf, was kommen würde. Meine Augen weiteten sich. Was geschah hier? Trieb Luzifer uns in den Wahnsinn?

Die Kellnerin begann zu singen. Sie hatte eine tiefe, erotische Stimme und hauchte ein spanisches Lied durch die Lautsprecher. Es dauerte nicht lange und die Musiker stimmten mit ein. Es klang ein wenig seltsam, aber es war tatsächlich ein Tango gespielt auf Blasinstrumenten. Und dann geschah es. Ein Kellner schnappte sich wild entschlossen die Blondine vom Nachbartisch und begann eng umschlungen mit ihr zu tanzen. Auch die anderen Gäste krallten sich einen Tanzpartner, wahrscheinlich jemanden, den sie lieber mochten als ihren Begleiter, und tanzten Tango. Sie wirbelten schwungvoll umher und drehten sich kunstvoll und elegant wie auf einem Turnier für Standardtänze. Kein Stuhl war mehr belegt. Das Restaurant hatte sich in wenigen Sekunden in einen Tanzpalast verwandelt.

»Darf ich bitten?« Fassungslos starrte ich Luz an, der sich vor mir verbeugte und mir die Hand hinhielt.

Verwundert blickte ich mich um, aber auch ich spürte das Verlangen danach, mich unter die Tanzenden zu begeben. Ich wollte mich zu der Musik bewegen, wollte den Rhythmus spüren und im Takt auf den Boden stampfen. Und das tat ich dann auch. Luz schleuderte mich wild umher und meine Füße wirbelten mit ungewohnter Sicherheit über das Parkett. Ich jauchzte begeistert über mein neu entdecktes Talent laut auf.

Ich hatte ja keine Ahnung gehabt, wie viel Feuer in mir steckte. Ich hatte keine Probleme mehr mit den hohen Schuhen. Sie waren wie für meine Füße geschaffen. Es störte mich auch nicht, dass meine Träger herunterrutschten und somit für ein noch tieferes

Dekolleté sorgten. Luz lachte und jagte mit mir eng umschlungen durch den Raum.

Weiter hinten tanzte ein etwa achtzigjähriger Herr auf einem Restauranttisch Flamenco. Der Tisch wackelte bedrohlich unter seinem Gewicht.

»Das ist fantastisch!«, versuchte ich das Gestampfe und die Musik zu übertönen. Ich hing weit nach hinten gebeugt in seinen Armen und presste mich schnell wieder nah an Luz' Körper. Schweiß bildete sich auf meiner Stirn.

»Pass mal auf, es geht noch viel besser«, flüsterte mir Luz leise ins Ohr. Er strich mir langsam mit den Fingerspitzen über meinen Nacken und summte dabei wieder leise.

Ein heißer Schauer lief mir über den Rücken. Ich keuchte erschrocken, als ein unbändiges Verlangen durch meinen Körper schoss. Verlegen senkte ich den Blick. Meine Hände krallten sich in Luzifers Anzug.

»Was tust du mit mir?«, wisperte ich mit belegter Stimme.

Luz kicherte leise. »Schau doch nur!«, forderte er mich auf.

Ich gehorchte und schaute mich um. Und was ich erblickte, ließ meine eigene Erregung erstarren. Um uns herum hatte sich der Tanz zu einer Orgie entwickelt. Die Paare, schon vorher dicht umschlungen, klebten nun förmlich aneinander. Ihre Hände fuhren über die Körper des Partners, teilweise sogar unter die Kleidung, und neben uns hatte sich eine der Damen bereits die Bluse ausgezogen. Ungläubig drehte ich mich im Kreis. Die aufgetakelte Blondine knutschte mit dem jungen hübschen Kellner auf einem der Restauranttische. Nach und nach ließen sich die Gäste zu Boden sinken und rissen sich leidenschaftlich die Kleider vom Leibe. Auch die Band hatte aufgehört zu spielen und vergnügte sich miteinander. Dekoration und Stühle wurden achtlos umgeworfen, die vornehmen Herrschaften rollten sich hemmungslos auf dem Boden herum. Alle wild durcheinander, ganz egal ob mit Mann oder Frau. Wie erstarrt stand ich da. Ich wusste nicht, ob ich laut losprusten oder weinen sollte. Wo war sie geblieben, die steife, elegante Gesellschaft? Aufgelöst hatte sie sich in eine Horde wilder Lustmolche. Ich betrachtete fasziniert das zerzauste Haar der vorher noch akkurat frisierten Damen.

Luz nahm meine Hand. »Komm, Charly«, sagte er leise. »Ich glaube, unsere Zeit ist hier vorbei. Wir haben noch etwas zu erledigen.« Ich folgte ihm stumm hinaus, nicht ohne einen letzten Blick auf den Bürgermeister zu werfen, der von seiner jungen

Begleiterin umschlungen wurde.

Wieder an der frischen Luft atmete ich tief durch.

»Und? Wie hat es dir gefallen?« Luz schien mit seiner Darbietung überaus zufrieden zu sein.

Ich schnappte nach Luft und sagte lieber gar nichts. Ich war immer noch völlig aufgewühlt. Wahrscheinlich passte die Bezeichnung »verklemmt« doch ganz gut zu mir. Luz sah mich ein wenig irritiert an und meinte dann kopfschüttelnd: »Also, aus dir werde ich wirklich nicht schlau.« Wir stiegen in den Jaguar und Luz brauste los.

Mir brummte der Kopf. Wie war das alles nur möglich? Wie konnte es passieren, dass lauter vernünftige Menschen wegen ein bisschen Gesumme total den Verstand verloren? Ach, was soll's, sagte ich mir irgendwann. Erleichtert über das vertraute Motorengeräusch lehnte ich mich zurück. Schmunzelnd dachte ich an die hochnäsige Blondine. Ein bisschen verdient hatten sie das bisschen Durcheinander ja schon, diese Superreichen.

Wir hielten schließlich mitten in einem der heruntergekommensten Viertel der Stadt. Es war der krasse Gegensatz zu der Gegend, aus der wir gerade kamen. In den Hauseingängen standen zerlumpte und zwielichtige Gestalten in kleinen Gruppen herum und begafften uns argwöhnisch. Die Straßen waren schmutzig, überall lag Müll. Von den Hausfassaden bröckelte der Putz, sie brauchten dringend eine Sanierung. In diesem Viertel wohnten die Ärmsten der Armen. Prostituierte, Drogenabhängige – der Abschaum der Stadt. Ich hatte schon oft von unzähligen Überfällen, Morden und sonstige Kriminalitäten von dieser Straße gehört.

Luz klatschte begeistert in die Hände. »Du wirst begeistert sein, Charly«, grunzte er vergnügt. »Ich habe das perfekte Opfer für dich gefunden. Ein Mafiaboss, ein Killer und ein Drogenhändler. Ein widerlicher Kerl! Du glaubst gar nicht, wie viele Menschen er schon auf dem Gewissen hat. Er ist einer meiner sichersten Neuzugänge für die Hölle.« Er rieb sich gierig die Hände. »Und das Beste ist: Er ist so gut wie tot! Ein anderer Bösewicht ist gerade dabei, sich an ihm zu rächen und ihn in die ewigen Jagdgründe zu schicken. Und das ist unser Auftritt, Charly, du nimmst dem einen einfach die Waffe weg und erschießt damit den anderen. Du siehst, du brauchst dir überhaupt keine Sorgen zu machen. Niemand wird ihn vermissen, alle hassen ihn und auch ohne dich wird er in den nächsten zehn Minuten sterben.« Luz sah mich erwartungsvoll an. Er wartete auf Beifall für seine geniale Entdeckung.

Ich holte tief Luft. Ich umklammerte mein Medaillon und dachte an Tommy. Ich dachte daran, wie er mich anlächelte und leise meinen Namen flüsterte.

»Du hast recht, es ist absolut perfekt!«, murmelte ich tapfer und stieg aus dem Wagen.

Luz ergriff fröhlich meine Hand und steuerte in Richtung eines verfallenen Hochhauses.

Die Fassade war beschmiert und die Scheiben waren eingeschlagen. Ich knickte mit meinen hohen Absätzen auf dem unebenen Fußweg um und klammerte mich in letzter Sekunde an Luz' Arm fest. Fluchend zog ich die roten Stöckelschuhe aus und warf sie achtlos in den nächsten Mülleimer. Eine Katze sprang wütend kreischend heraus und verschwand fauchend im Hauseingang gegenüber. Erschrocken machte ich einen Schritt zur Seite und fühlte plötzlich etwas kaltes Klebriges unter meinen nackten Füßen. Angewidert verzog ich den Mund und trat die halbvergammelte Bananenschale beiseite.

»Wirklich, einen besseren Ort hättest du nicht für uns finden können«, zischte ich Luz zu und raffte mein langes Kleid hoch.

»Eigentlich schade, dass mein Aufenthalt nun bald zu Ende ist. Ich hatte wirklich viel Spaß mit dir.« Luz schien sich seiner Sache sehr sicher zu sein.

Diesmal wirst du nicht versagen, befahl ich mir

selbst und folgte ihm vorsichtig, stets darauf bedacht, nicht noch einmal auf etwas Ekliges zu treten. Wir durchquerten den dreckigen Eingang und betraten das Treppenhaus. Es war stockfinster.

»Vorsichtig, die Glühbirnen sind kaputt«, warnte Luz mich.

Langsam stiegen wir die Treppe empor. Es stank nach verkochtem Essen, Zigarettenrauch und Alkohol. Durch die Wohnungstüren drangen Fernsehgeräusche oder Gespräche. Einmal brüllte ein Mann lautstark und kurz darauf weinte eine Frau. Ich schluckte schwer. Mein Mund war trocken, die Zunge klebte am Gaumen. Ich hatte ein mulmiges Gefühl im Magen, aber Luzifer war ja hier. Was konnte mir schon passieren, wenn er dabei war?

Schließlich erreichten wir im vierten Stock eine angelehnte Tür. Ich war zwar kein Spezialist in solchen Sachen, aber auch ich konnte erkennen, dass jemand das Schloss zertrümmert hatte. Sie war gewaltsam aufgebrochen worden. Ich bekam eine Gänsehaut. Luz stieß sie galant auf. Die Tür knarrte wie in einem Gruselfilm. Unbekümmert ging er hinein. Ich folgte zaghaft.

Auf dem Boden verteilten sich dunkle Flecke. War das Blut? Ich erschauderte. Dann hörten wir Stimmen. Zwei Männer diskutierten lautstark miteinander. Der eine mit flehender Stimme, der andere triumphierend und gehässig. Wir durchquerten den Flur und erreichten das andere Ende der Wohnung. Ich schaute kurz in das Nebenzimmer hinein. Eine Frau lag dort auf einem breiten Bett. Sie war wohl noch sehr jung, hatte langes dunkles Haar und trug lediglich rote Strapse. Eine Prostituierte, vermutete ich. Ihre Arme und ihr Kopf hingen unnatürlich über die Bettkante. Die helle Überdecke war getränkt mit dunkelrotem Blut. Sie bewegte sich nicht. Entsetzt begriff ich, dass sie tot war. Ich musste ein Würgen unterdrücken und hielt mir die Hände vor den Mund.

»Charly, was ist los? Da geht es lang«, raunte Luz mir leise zu.

Ich deutete stumm auf die tote Frau.

Luz zuckte verständnislos mit den Schultern und zerrte mich von der Tür fort. »Lass sie, du kannst ihr jetzt auch nicht mehr helfen!«

Er schob mich grob ins Nebenzimmer. Das musste das Wohnzimmer sein. Eine kleine schwarze Ledercouch stand dort gegenüber von einem Fernseher. Außer einem kleinen Tisch und einer unmodernen Stehlampe waren keine Möbelstücke vorhanden. Die schweren dunklen Vorhänge waren zugezogen, ich konnte ihre Farbe nicht erkennen. Vor dem

Fenster befanden sich zwei Männer. Einer von ihnen kauerte mit dem Rücken zur Wand auf dem Boden und hielt flehend die Hände in die Höhe. Er trug eine schwarze Hose und über dem beachtlichen Bauch klaffte ein halbgeöffnetes weißes Hemd. Der rechte Ärmel war rötlich verfärbt, wahrscheinlich war er verletzt. Noch niemals hatte ich jemanden mit so viel Gel im Haar gesehen. Es glänzte unnatürlich schwarz und machte den Eindruck, als wären die Strähnen so hart und spitz wie Filetiermesser.

Der zweite Mann stand breitbeinig vor ihm, eine Pistole in der Hand. Er war über und über eingehüllt in schwarzer Lederkleidung, die seine muskulöse Figur betonte. Er warf gerade höhnisch lachend den Kopf in den Nacken, während der andere verzweifelt aufschluchzte, als sie uns plötzlich bemerkten. Sie verstummten. Langsam drehte der Ledermann sich um. Er richtete seine Pistole auf uns.

»Ja, wen haben wir denn da?«, fragte er mit heiserer Stimme.

Ich fuhr erschrocken zusammen und versteckte mich hinter Luzifers Rücken. Aber dieser lachte nur leise und begann zu summen. Zaghaft flogen die fremdartigen Töne durch den Raum; sie wirkten sofort. Der Ledermann ließ wie erstarrt seine Arme sinken und stand mit glasigen Augen da. Auch der Verletzte blickte nun wie unter Drogen durch den Raum. Anscheinend sah er uns nicht mehr.

Luz rieb sich zufrieden die Hände. Die ganze Sache schien ihm tierischen Spaß zu machen. Er ging zu dem Killer und nahm ihm die Waffe weg. Freudestrahlend hielt er sie mir entgegen. Ich wich entsetzt einen Schritt zurück. Auf gar keinen Fall wollte ich diese Pistole anfassen, mit der bestimmt schon dutzende Menschen erschossen worden waren. Luz verdrehte die Augen und zog einen weißen Handschuh aus der Tasche. Mit zitternden Händen zog ich ihn an. Zögernd ging ich durch den Raum und stellte mich direkt vor dem Ledermann hin. Er starrte durch mich hindurch. Vorsichtig winkte ich mit der Hand vor seinen Augen, aber er zeigte keine Reaktion.

»Sie können dich nicht sehen, Charly, sie bemerken uns nicht. Ich habe sie in eine Art Trance versetzt. Und nun erschieß diesen Blödmann endlich. Oder von mir aus auch beide, ich sehe sie sowieso bald wieder.« Erneut hielt er mir die Pistole entgegen.

Langsam nahm ich sie ihm ab. Ich atmete tief durch und baute mich breitbeinig vor dem Verletzten auf. So stand ich da, die Waffe auf den am Boden sitzenden Mann gerichtet. Ich war immer noch barfuß und trug das rubinrote Abendkleid. Mein Haar war leicht zerzaust von der Tangoeinlage. Jedes Bond-Girl wäre vor Neid erblasst, dachte ich zynisch und versuchte mich zu konzentrieren.

»Nun schieß endlich«, drängte mich Luz ungeduldig. »Ewigkeiten kann ich die beiden auch nicht lahmlegen.« Er stellte sich direkt hinter mich. »Denk einfach nur an Tommy. Ein winziger Schritt nur, nur einmal abdrücken, und du wirst bald bei ihm sein.« Er umfasste meine Taille. »Schieß, Charly!« Es war ein winziges Flüstern und doch ertönte es in meinem Kopf wie tausend Paukenschläge. Jede Faser meines Körpers rief mir zu, endlich abzudrücken, es hinter mich zu bringen, aber mein Finger waren wie verkrampft, waren gelähmt. Ich konnte es nicht. Ich sah den Verletzten an. Er starrte weiter irritiert durch die Luft und bemerkte nichts von all dem. Tränen schossen mir in die Augen.

Luzifer löste sich von mir und versperrte mir deutlich verärgert die Sicht auf mein Opfer. Er stemmte die Hände in die Hüften und seine Augen blitzten vor Zorn.

»Was ist los? Kennst du seine Angehörigen? Ist er ein armer, unschuldiger Mann?«

Ich schüttelte schnell den Kopf.

Bedrohlich kam er auf mich zu. »Und, was ist es

denn diesmal? Er ist ein verdammter Killer, Charly, er hat sein Leben und seine Seele verspielt. Erschieß ihn endlich, meine Geduld ist langsam zu Ende!« Seine Augen verfärbten sich blutrot, seine Haut wurde unnatürlich weiß.

Ich bekam Angst. Vorsichtig wich ich vor ihm zurück.

»Erschieß ihn!« Diese Worte hatte Luzifer geschrien, er zeigte auf den verletzten Mann und machte den Weg frei.

Ich fing erneut an zu zittern und schüttelte heftig den Kopf. »Es geht nicht«, stammelte ich verzweifelt.

»Was? Ich habe mich wohl verhört! Was hast du gerade gesagt?« So zornig hatte ich ihn noch nicht gesehen.

»Ich sagte: Es geht nicht«, wiederholte ich schwach und schluckte ängstlich.

»Du hörst mir jetzt gut zu, Charly! Das ist deine einzige Möglichkeit, Tommy wiederzusehen, das weißt du auch. Also stell dich nicht so mädchenhaft an und schieß endlich!« Luzifer sprach jetzt ganz ruhig, beinahe sachlich.

Er hatte ja recht, ich wusste es. Aber ich konnte es trotzdem nicht. Traurig schüttelte ich den Kopf und ließ die Pistole sinken.

Luz kam ganz langsam auf mich zu. Er schnaubte böse. Auf einmal war er mindestens zwei Meter groß. »Vergiss nicht, wir haben eine Vereinbarung, Charly!« Er kam noch einen Schritt näher.

»Ich weiß!«, rief ich panisch und hielt mir den Pistolenlauf an die Schläfe. »Aber wenn du mich nicht in Ruhe lässt, dann erschieße ich mich, und dann bin ich tot und du bekommst nie, was du willst!« Ich hatte die Worte hysterisch gekreischt. Meine normale Stimme war verschwunden. Aber es bewirkte tatsächlich, dass Luz einen Moment stehenblieb und mich verwundert ansah. Ich war entsetzt über mich selbst. Die Pistole war kalt und drückte bedrohlich gegen meinen hämmernden Kopf.

»Sieh an, sieh an. Wer hätte das gedacht?« Luzifer grinste breit und kam nun noch näher. Ich wich vor ihm zurück. Schritt für Schritt. Schließlich stand ich mit dem Rücken an der Wand.

Er kam ganz nah. Ich konnte seinen Atem riechen. Wieder schlug mir heißer Schwefelgeruch entgegen.

»Die kleine Charly wird auf einmal frech«, wisperte er mir ins Ohr und nahm mir die Waffe aus der Hand, weg von meiner Schläfe.

Irgendwie war ich ihm dafür dankbar. Ich schluchzte laut.

»Ein Selbstmord wäre auch eine perfekte Sünde.

Aber wir wissen doch beide, dass du dazu gar nicht fähig bist, liebe Charly.« Er beugte sich dicht über mein Gesicht. Tränen liefen mir über die Wangen. »Du hast einen Pakt mit dem Teufel geschlossen, Charly. Glaubst du, da kommst du je wieder von los?«

Ich wollt etwas antworten, aber ich brachte nur ein gurgelndes Geräusch hervor.

Luz schüttelte schließlich den Kopf und wich von mir zurück.

»Schön, schön! Es war so perfekt!« Er lief wie ein ungeduldiger Tiger durch den Raum. Von einer Seite zur anderen. Vorbei an den hypnotisierten Männern. Schließlich blieb er stehen und sah mich lange an.

»Du bist wirklich außergewöhnlich. Leider außergewöhnlich nett. Aber ich gebe nicht auf. Ich lasse mir noch mal etwas einfallen. Aber nun komm!« Er legte die Pistole zurück in die Hand des Ledermannes und klatschte in die Hände. Der Killer drehte sich in Zeitlupe zu dem Verletzten und schoss, ohne noch einmal mit der Wimper zu zucken. Er traf mitten in die Brust. Blut spritzte, der Mann mit dem gegelten Haar fiel schlaff in sich zusammen.

Ich schrie entsetzt auf. Luz beobachtete gelassen die Szene. Er blieb völlig unberührt. Um seine Lippen kräuselte ein zufriedenes Lächeln. Der Ledermann blickte sich irritiert um, konnte uns jedoch nicht wahrnehmen. Jämmerlich schluchzend sackte ich zusammen und blieb zitternd liegen. Luz redete beruhigend auf mich ein, aber ich verstand seine Worte nicht. Das war zu viel für mich. Ich merkte, wie er mich vorsichtig umfasste und mich aus der Wohnung trug. Ich ließ es weinend geschehen. Ich hatte gerade einen Mord mit angesehen. Wie durch einen Schleier nahm ich wahr, wie wir das Treppenhaus durchquerten.

»Lass mich runter, mir ist schlecht.« Verzweifelt zappelte ich. Mein Magen rebellierte.

Luz stellte mich behutsam auf die Füße und hielt meine Schultern fest, während ich würgend über dem Treppengeländer hing und mich übergab.

Benommen bemerkte ich später, wie ich vorsichtig ins Auto verfrachtet wurde. Luz schnallte mich sogar an. Mit einem Tränenschleier vor den Augen verfolgte ich die Heimfahrt. Wir mussten unzählige Umwege machen, da überall in der Stadt Straßensperrungen aufgebaut waren. Einmal standen wir sogar mitten in einer Demonstration. Um uns herum grölten und schimpften aufgebrachte Menschen, warfen mit Steinen und versuchten gewaltsam die Polizeibarrieren zu durchbrechen.

So viel Aufruhr hier und um diese Tageszeit? Aber ich stand zu sehr unter Schock, um weiter darüber nachzudenken.

Wenig später saß ich wieder an meinem Wohnzimmertisch und kaute an meinen Fingernägeln, während Luzifer in der Küche Tee kochte.

»Lieber Schwarz- oder Kräutertee?«, fragte er heiter, als wäre nie etwas gewesen.

»Früchte, bitte!« Eigentlich hätte ich wütend sein müssen, enttäuscht und verzweifelt. Luz hatte mir höllische Angst eingejagt. Ich kämpfte erneut mit den Tränen. Immer wieder spukten die Bilder der toten Frau und des erschossenen Mannes in meinem Kopf herum. Ich schloss die Augen und sah erneut das Blut aufspritzen. Luz setzte sich mir gegenüber in den Schaukelstuhl, wie schon am ersten Abend, und reichte mir einen Becher mit dampfendem Tee. Dankbar lächelte ich ihn an. Er sah nun wieder ganz friedlich, ja, sympathisch aus. Warum fürchtete ich mich nicht mehr vor ihm? Er hatte mich bedroht, seinetwegen hatte ich zwei Leichen gesehen, er lieferte mir hervorragenden Stoff für neue Albträume. Aber in mir war nur eine traurige Leere. Er hatte ja recht. Es war meine einzige Chance, wieder mit Tommy zusammenzukommen. Wenn ich nur nicht so jämmerlich schwach wäre! Vielleicht läge ich dann schon längst in den Armen meines Geliebten. Ich dachte an sein vertrautes Lachen, das Augenzwinkern – alles, was ich so sehr liebte, war wieder in weite Ferne verschwunden. Luz hatte so sehr recht! Es wäre perfekt gewesen, jetzt war der abgeleckte Typ sowieso tot. Aber ich musste ja bereits dreimal versagen. Wütend biss ich mir auf die Lippen. Ich bemerkte, dass Luz mich beobachtete.

»Charly, es tut mir leid, wenn ich dich erschreckt habe«, begann er sanft und holte tief Luft. Er lächelte mich gequält an. »Da ist wohl ein wenig mein Temperament mit mir durchgegangen, fürchte ich.« Er beugte sich zu mir herüber und ergriff meine Hand.

»Aber ich möchte, dass du eines weißt: Ich werde auf gar keinen Fall zulassen, dass dir etwas passiert, solange deine Seele noch rein ist. Und ich werde auch so lange nicht in die Hölle zurückkehren, bis du diese verdammte Sünde begangen hast. Hast du mich verstanden?«

Ich nickte hastig. Ich war mir nicht sicher, ob dies eine Drohung oder ein Versprechen war, aber es war genau das, was ich wollte. Tommy rückte wieder ein Stückchen näher.

Luz lehnte sich zufrieden zurück.

Plötzlich hörten wir Schreie durch das offene Fenster hereinschallen. Glas wurde zerbrochen, ein Hund bellte. Ich wollte gerade aufstehen und nachsehen, aber Luz hielt mich mit einer Handbewegung zurück. »Nur Randale!«, erklärte er, ging zum Fenster und schloss es langsam. Dann lehnte er sich an die Wand und sah mit ausdruckslosem Gesicht hinaus.

»Was ist denn nur los?«, fragte ich verwirrt. »Überall dieses Chaos, die ganze Stadt spielt verrückt. Das kann doch unmöglich nur an dem Wetter liegen. Ich meine, es war doch sonst auch schon mal warm.«

Luz erwiderte nichts.

Ich pustete auf den heißen Tee und trank vorsichtig einen Schluck.

Sirenen heulten und Blaulicht durchstrahlte das Wohnzimmer. All die Jahre war hier nie etwas los gewesen, dachte ich kopfschüttelnd.

Und dann wusste ich es. Ich ließ meine Tasse sinken und starrte Luzifer misstrauisch an.

»Es liegt an dir, nicht wahr?«, fragte ich.

Er schwieg.

»Es ist deine Ausstrahlung, oder wie du das nennst. Sie drehen allmählich alle durch.«

Luz drehte sich zu mir um und sah mich traurig an.

»Stimmt, es ist meine Schuld. Meine Anwesenheit allein reicht bei den meisten Menschen schon aus, um Verwirrung zu stiften.« Er betrachtete mich kopfschüttelnd. »Du scheinst irgendwie beinahe immun gegen mich zu sein, du reagierst kaum auf mich. Wahrscheinlich funktionieren deshalb meine Pläne nicht.« Er lachte grimmig. »Dass es so etwas überhaupt noch gibt? Nun ja, wie du siehst, ist das der Grund, warum ich nicht allzu viel Zeit an einem Ort verbringen kann.« Er deutete nach draußen. Ein weiteres Polizeiauto fuhr mit lauten Sirenen in die Straße. »Nicht mehr lange und diese Stadt liegt in Schutt und Asche. Es ist ja jetzt schon ein völliges Durcheinander. Und genau aus diesem Grund brauche ich die Nephilim. Der einzige Weg zum Wissen. Sie sind der Spiegel dieser Welt.« Er setzte sich wieder in den Schaukelstuhl. »Wir müssen uns halt etwas anderes einfallen lassen, Charly. Es wird auch für dich einen Fahrschein in die Hölle geben, glaube mir. Bis jetzt hat ihn noch jeder bekommen, der ihn wollte.« Er lachte böse und schaukelte hin und her. »Vielleicht sollten wir damit anfangen, uns ein wenig zu amüsieren. Du bist ja viel zu verkrampft.«

»Amüsieren?« Das klang nicht sehr verlockend. Ich dachte an unsere bisherigen Abenteuer und verzog den Mund.

»Keine Sorge, du weißt doch, ich passe immer gut auf dich auf.« Er schaukelte er ein bisschen stärker und sah aus dem Fenster.

Ein Knall ertönte, noch mehr Schreie. Ich schloss entsetzt die Augen. »Was ist mit der Frau von vorhin?«, flüsterte ich leise.

»Was soll mit ihr sein? Sie war doch bereits tot. Übrigens kein Fall für mich, sie war zu nett.«

»Ja, aber hast du es gewusst? Hast du vorher gewusst, dass sie sterben wird?« Wieder schossen mir Tränen in die Augen.

Luz drehte sich langsam zu mir um und sah mich verständnislos an.

»Natürlich habe ich es gewusst. Und?«

Natürlich! Er hatte ja auch alles andere gewusst.

»Und du hast nichts unternommen, um sie zu retten?« Fassungslos starrte ich zurück.

»Aber, Charly! Ich habe doch erklärt, dass ich mich nicht einmische. Das darf ich gar nicht. Außerdem«, er grinste frech, »ist es wohl kaum meine Aufgabe, kleine Mädchen zu retten. Du vergisst, wer ich bin!«

Wie konnte ich das nur vergessen?, dachte ich und stand mit immer noch wackeligen Beinen auf. »Ich gehe ins Bett«, erklärte ich und verschwand im Badezimmer.

Tag 3

In dieser Nacht hatte ich einen Albtraum. In meinem Traum war ich die tote Frau vom letzten Abend. Ich lag auf dem Bett in diesen albernen Strapsen und konnte mich nicht bewegen. Auf dem Flur gingen Leute auf und ab. Sie hielten Sektgläser in der Hand und sprachen miteinander. Sie klangen vergnügt und lachten viel. Es dauerte eine Weile, bis ich ihre Gesichter erkennen konnte. Da lief Jenny herum, mit ihrem wilden Lockenkopf, Kollegen aus dem Krankenhaus, meine Theatergruppe, meine Familie. Sie alle waren da. »Hilfe!«, flüsterte ich leise. Es war nur ein zaghaftes Wispern, es war klar, dass niemand es hören konnte. »Hilfe, helft mir doch!« Aber keiner blieb stehen. Jennys Lachen drang durch den Raum. Ich konnte erkennen, dass sie sich angeregt mit jemandem unterhielt. War das Tommy? Richtig, er stand ganz dicht bei ihr und erzählte ihr etwas. Sie amüsierte sich köstlich und küsste ihn auf die Wange. Tommy, was tust du denn da? Hier bin ich!, wollte ich rufen, aber es ging nicht. Ich bäumte mich innerlich auf, schluchzte verzweifelt, aber ich blieb wie gelähmt. Tommy sah mich nicht, bemerkte mich nicht. Er legte Jenny den Arm um die Schultern und sie schlenderten aus meinem Sichtfeld.

»Hört mich denn niemand? Hilfe!«, flüsterte ich verzweifelt. Und dann erkannte ich Luz.

Er stand breit grinsend in der Tür und winkte mir zu. Er konnte mich sehen.

Aber er tat nichts, er stand nur da und lachte über mich.

»Dein Telefon klingelt, Charly. Lass mich raten: deine Mutter?«

Schweißgebadet schreckte ich auf.

Luzifer stand in meiner Schlafzimmertür und löffelte ein Glas Kirschmarmelade. Im Hintergrund bimmelte mein Telefon Sturm. Dem unaufhörlichen Klingeln nach konnte es nur meine Mutter sein. Ich wischte mir den Schweiß von der Stirn und krabbelte unter der Bettdecke hervor.

Luz betrachtete mich prüfend. »Alles klar? Du siehst so blass aus!«, fragte er besorgt.

»Ja, alles bestens!«, fauchte ich gereizt. »Ich habe nur von dir geträumt!«

Er zog überrascht die Augenbrauen hoch. »Ach so … na dann«, sagte er achselzuckend und schlenderte in die Küche.

Verschlafen taumelte ich zum Telefon.

»Ja, doch«, brummte ich zerknirscht und nahm den

Hörer ab. »Ja?«, fragte ich hinein.

»Charlotte, ich bin es, Mutti!«, flötete die vertraute Stimme.

»Hallo, Mama!« Ich setzte mich geduldig auf den Stuhl, den Luz mir mit einem Marmeladenlöffel im Mund hingestellt hatte.

»Liebes, dein Vater und ich haben uns solche Sorgen um dich gemacht! Wo bist du nur die ganze Zeit gewesen?«

Klar! Sie machte sich immer Sorgen. »Wieso gewesen?«, fragte ich verwirrt. Ich sah auf die Uhr. In den letzten Tagen hatte ich mich zum Langschläfer entwickelt. Es war bereits Nachmittag. »Ich war hier in meiner Wohnung. Wo denn sonst?«

»Den ganzen Morgen habe ich versucht, dich anzurufen, Kind!« Sie hörte mir wie immer nicht zu.

Ich blickte irritiert zu Luz. Er deutete schelmisch auf das Telefonkabel. Anscheinend hatte er bis eben die Leitung lahmgelegt. Ich grinste frech, aber das konnte meine Mutter ja zum Glück nicht sehen. Sie brabbelte währenddessen ununterbrochen in den Hörer. »Entschuldige, Mutti, ich hatte wohl den Fernseher etwas zu laut«, versuchte ich sie zu übertönen, aber es half nichts. Genervt legte ich den Hörer auf den Tisch. Luz reichte mir eine Tasse heißen Kakao. Dankbar schlürfte ich die köstliche Nervennahrung. Dann hörte ich plötzlich Jennys Namen aus dem Hörer schallen. Neugierig hielt ich ihn wieder an mein Ohr.

»… dass du die nächsten Wochen beurlaubt bist. Das ist auch richtig, Charlotte. Es wird Zeit, dass du dich einmal gründlich erholst, nach all dem, was du durchgemacht hast. Hast du schon Pläne? Dein Vater und ich sind der Meinung, du solltest mal wieder in den Urlaub fahren. Das hat deine Kollegin übrigens auch gesagt, die Jenny. Alle sagen das. Wir machen uns wirklich große Sorgen, Charlotte …«

Natürlich! Jenny konnte mal wieder ihre Klappe nicht halten! Ich rollte mit den Augen. Meine Mutter wusste also, dass ich frei hatte. Ich konnte nun jeden Tag mit einem Anruf rechnen.

»Ich muss schnell Schluss machen, Mama, da klingelt jemand an der Tür. Ich melde mich!«, rief ich in den Hörer und legte auf.

Luz sah erwartungsvoll zur Haustür, aber da war natürlich niemand. Ich streckte ihm die Zunge entgegen und ging gähnend ins Bad. Meine Mutter war die liebenswerteste Person, die ich kannte. Aber leider auch die besorgteste. Ihre ständige Nervosität und Ängstlichkeit konnten mich in den Wahnsinn treiben. Es war ein Wunder, dass mein Vater sie all die Jahre so geduldig ertrug.

Wahrscheinlich hatte ich meine Feigheit ihren Genen zu verdanken, dachte ich grimmig.

Vor dem Spiegel kämpfte ich mit der restlichen Schminke des gestrigen Abends. Ich wusste schon, warum ich mich sonst nicht anmalte. Kriegsbemalung konnte bei schlechter Handhabung äußerst hartnäckig sein. Unter meinen Augen zeichnete die verbliebene Wimperntusche dunkle Ringe und durch das ungewohnte Spray war mein Haar noch zerzauster als gewöhnlich nach dem Aufstehen. Betrübt betrachtete ich mein Spiegelbild. Schön war das bestimmt nicht, ich hatte eher Ähnlichkeit mit einer Gruselgestalt.

Ich dachte wieder an die beiden Leichen von gestern Abend. Benommen hielt ich meinen Kopf unter kaltes Wasser.

»Sag mal, isst du eigentlich immer das Gleiche? Jeden Morgen?«

Ich hielt einen kurzen Moment inne.

Luz deutete kopfschüttelnd auf mein Frühstück.

»Na, deine Ernährung ist ja nun auch nicht gerade abwechslungsreich!« Ich warf einen schiefen Blick auf das Glas Kirschmarmelade in Luzifers Hand. Er saß mir gegenüber am Küchentisch und schleckte genüsslich den Löffel ab.

»Aber mir schmeckt es wenigstens.« Er grinste mich an.

»Hm. Und hast du schon irgendwelche Pläne für heute?« Mürrisch stocherte ich in meiner Schüssel herum. Unbehaglich wartete ich auf seine Antwort. Ich befürchtete schon wieder Schlimmes.

Aber Luz lächelte nur friedlich. Die Aufregung vom letzten Abend war wie weggeblasen. »Ach, wie wäre es, wenn wir heute freimachen? Schließlich ist Sonntag. Wir könnten zum Beispiel auf den Jahrmarkt gehen und ein wenig Karussell fahren. Was meinst du?«

Karussell? Grauenhaft! »Ja, warum nicht. Und während wir in der Achterbahn sitzen, rottet sich die Stadt von ganz alleine aus. Vielleicht fällt mir ja eine Leiche vor die Füße und die nehmen wir dann für meine Sünde!« Ich hatte die Unruhen von letzter Nacht nicht vergessen. Wie lange würde es wohl noch dauern, bis Luzifers Nähe Berlin in Schutt und Asche legte? Ich schauderte. Mal einen Tag lang nicht an das nächste Mordopfer zu denken, klang verlockend, aber andererseits wollte ich die ganze Sache endlich hinter mich bringen.

Luz unterbrach meinen Gedankengang: »Nun, sieh doch nicht immer alles so verbissen! Ich passe schon auf, dass alles halbwegs unter Kontrolle bleibt.« Er kratzte den letzten Rest Marmelade aus dem Glas und lehnte sich entspannt zurück. Verwundert bemerkte ich, dass er immer noch denselben Designeranzug trug. Er hatte keinen einzigen Fleck und war genauso blitzblank wie am ersten Abend.

»Na schön.« Ich überlegte einen Augenblick. Ich war das letzte Mal als kleines Kind auf dem Jahrmarkt gewesen, dabei fand er hier dreimal jährlich statt. Also eigentlich durchgehend. »Dann lass uns ein paar Zuckerwatten essen. Aber wir meiden jede Möglichkeit, den Erdboden zu verlassen, einverstanden?«

Luz grinste mich verschmitzt an. »Mal schauen, Charly.«

Es war schon wieder unerträglich heiß. Mein Thermometer hatte über dreißig Grad angezeigt und ich war froh über mein leichtes, bunt geblümtes Sommerkleid, als wir den Jahrmarkt erreichten. Natürlich konnte sich Luz hin und wieder eine dumme Bemerkung über das Bienenschlaraffenland, wie er es nannte, nicht verkneifen, aber ich ignorierte ihn meisterhaft. Der Stoff flatterte angenehm um meine Beine.

Auf dem Jahrmarkt begrüßte uns der köstliche Duft

der Imbissbuden. Die Luft war gefüllt mit dem Geruch von gebratenen Mandeln, Waffeln, Schmalzgebäck, Bratwurst und Pommes. Mir lief das Wasser im Mund zusammen und mein Magen knurrte gierig. Vielleicht war das doch gar keine so schlechte Idee gewesen. An jeder Ecke kitzelte ein anderes Aroma in meiner Nase und vor den weiß gekleideten Verkäufern winkten mir verführerische Leckereien entgegen. Eine bunte Menschenmasse quetschte sich durch die Stände und Karussells. Wir kamen nur im Schneckentempo voran, immer darauf bedacht, nicht auf ein quengelndes Kind oder einen gestressten Hund zu treten. Ich genoss die dröhnende Musik und die vielen bunten Lichter der Buden genauso wie die lauthals lockenden Verkäufer. Die gute Laune war ansteckend. Um uns herum lachten und sangen vergnügte Menschen. Kinder tollten umher oder lutschten mit großen Augen einen riesigen Lolli. Schritt für Schritt kämpften wir uns durch das rege Treiben. Ab und zu blieben wir gebannt stehen, um die wilden Fahrgeschäfte zu betrachten. Eines erschien mir furchtbar gefährlich. Es überschlug sich mehrfach, wobei es sich gleichzeitig schnell um sich selbst drehte und ruckartig die Richtungen wechselte. Ein Multimixer für Adrenalinsüchtige. Die Mitfahrenden kreischten vor Vergnügen – oder aus purer Verzweiflung – und kamen stets sehr viel blasser und schwankend wieder heraus. Oh, wie schön war es doch, zuzusehen. Für kein Geld der Welt würde ich bei so einem Wahnsinn mitmachen. Luz seufzte stets sehnsüchtig, wenn wir unsere Runde fortsetzten. Aber allein in so ein Höllengefährt einsteigen, wollte er auch nicht. Er meinte, er könne mich ja schließlich nicht warten lassen.

Es wunderte mich zwar ein wenig, aber ich war tatsächlich glücklich. Es war der erste Tag seit Tommys Tod, an dem ich mich unbeschwert amüsierte. Einmal keimte der Gedanke in mir auf, dass es womöglich das letzte Mal in meinem Leben war, aber ich verbannte ihn schnell wieder aus meinem Kopf.

Nach der Hälfte der Strecke hielt ich fünf bunte Luftballons in der einen Hand, in der anderen einen leuchtend roten Liebesapfel und um meinen Hals hing ein Lebkuchenherz mit verschnörkelter Zuckergussschrift: »Für Charly«. Luz schleckte stolz eine doppelt so große Zuckerwatte, wie sie normalerweise gedreht wurde, und zog damit neidische Blicke vorbeigehender Kinder auf sich.

»Was meinst du? Eine Dampfnudel vielleicht?« Luz' Begeisterung für die vielen Leckereien war nicht zu bremsen.

Ich lehnte lachend ab. Mir war jetzt schon ein bisschen übel. Dafür erregte etwas anderes meine Aufmerksamkeit. »Schau mal, da vorne!« Ich deutete auf einen kleinen Holzwohnwagen.

Auf dem Wohnwagen prangte ein blaues Schild. Gelbe Sterne waren darauf abgebildet und mit verschnörkelter Schrift stand geschrieben: Wahrsagerin. Ich spürte ein nervöses Kribbeln im Bauch. Meine Zukunft wollte ich mir schon immer gerne voraussagen lassen. Eigentlich glaubte ich nicht an Horoskope oder dergleichen, aber Wahrsager hatten etwas Verbotenes, etwas Geheimnisvolles an sich. Hartnäckig zupfte ich an Luzifers Hemdsärmel.

»Also, wenn ich dir etwas über deine Zukunft erzähle, stimmt es sogar.« Er blinzelte amüsiert. »Sie wäre sogar todsicher.«

Ich verdrehte genervt die Augen. »Aber das hier ist spannender. Nun sei doch kein Spielverderber.« Ich zog ihn hinter mir her in Richtung des Wagens.

»Charly, du glaubst doch wohl nicht an diesen Blödsinn? So etwas wie Schicksal gibt es nicht! Die Menschen entscheiden ganz allein, was sie tun und was nicht.«

Er warf mir einen zweifelnden Blick zu. »Aber das brauche ich einer ewig trauernden Witwe wohl nicht erzählen.« Er folgte mir kopfschüttelnd.

Eine morsche Treppe führte zum Eingang des Wagens. Ich betrachtete ihn neugierig. Ob das wohl ein echter spanischer Zigeunerwagen war? Oder war er neugebaut und nur alt gestaltet? Wir schoben die schweren kitschigen Vorhänge zur Seite.

»Willkommen, treten Sie ein!« Eine tiefe Stimme mit südländischem Akzent begrüßte uns. Es war schummrig und stickig. Nur ein paar Kerzen leuchteten in rostigen Leuchtern und trugen ihren Teil dazu bei, dass es noch heißer war als draußen. Allmählich gewöhnten sich meine Augen an den dunklen Raum. Ich erkannte eine dunkelhaarige Frau, die am anderen Ende des Wagens hinter einem Tisch saß. Sie trug weite, wallende, in allen möglichen Farben schimmernde Kleider, Unmengen an schweren goldenen Ketten und an jedem Finger mindestens einen protzig funkelnden Ring. Auch im Gesicht hatte sie nicht gespart und zentimeterdicke Schminke aufgetragen. Besonders bestaunte ich die kohlrabenschwarz umrandeten Augen. Fasziniert ging ich auf sie zu und setzte mich auf den Stuhl neben sie.

»Nein, wie billig!«, hörte ich Luz hinter mir abfällig flüstern. »Die kommt doch nie und nimmer wirklich aus Spanien!« Er setzte sich mit seiner Zuckerwatte neben mich.

Nervös rieb ich meine schwitzigen Hände. Die Wahrsagerin breitete einladend ihre Arme aus und meine Blicke folgten gebannt den langen, sorgfältig mit schwarzer Farbe bemalten Fingernägeln. Auf dem Tisch war eine ganze Menge Schnickschnack aufgebaut. Tarotkarten lagen da, Kugeln, Teetassen und in der Mitte prangte ein grinsender Totenschädel.

»Was kann ich für Sie tun?«, zischte die Frau durch das aufgesetzte Lächeln hindurch.

Ich schluckte. Sogar zwischen ihren Zähnen glitzerte ein Stein. Ich sah mich mit großen Augen um.

»Ähm, könnten Sie mir etwas über meine Zukunft sagen?«, fragte ich sie zögernd.

Die Dame lachte gönnerhaft. Besitzergreifend nahm sie meine Hand und umklammerte sie fest. »Aber natürlich, mein Engel«, säuselte sie überschwänglich. »Soll ich für dich in die Karten schauen oder dein Schicksal aus deiner Hand lesen?« Sie sah mich erwartungsvoll an. Ihre Hände waren unangenehm schmierig. Zu viel Handcreme.

Ich hörte Luz verächtlich schnauben. Er saß kerzengerade auf dem Stuhl und presste die Lippen fest aufeinander.

»Lieber in der Hand lesen, bitte«, erwiderte ich hastig. Immerhin hatte sie meine Hand ja schon mit ihren Klauen eingefangen und Händelesen war meiner Meinung noch eine Spur harmloser als Kartenlegen.

Die Wahrsagerin kicherte hexenähnlich und drehte meine linke Hand hin und her. Ihre fettigen Finger fuhren flink über meine Handfläche. Mein Herz pochte immer schneller, während sie wieder und wieder die Linien darin nachzeichnete. Dabei murmelte sie unverständlich vor sich her. Ich beugte mich gebannt ein Stück nach vorn und beobachtete ihr seltsames Tun. Neben mir schnaubte Luz abermals genervt. Aber auch er hatte von seiner Zuckerwatte abgelassen und schaute zu.

»Ah, ja, da haben wir es ja!« Die Dame riss triumphierend meine Hand ein Stück näher zu sich. »Sehen Sie, junge Frau? Da ist Ihre Lebenslinie!« Sie deutete auf einen langen Strich in meiner Hand.

Ich sah noch ein wenig genauer hin, konnte aber nichts Besonderes erkennen.

»Da, sehen Sie doch! Oh, Sie werden ein sehr langes und glückliches Leben führen!« Sie tätschelte mütterlich meine Hand.

Ich verzog meine Mundwinkel und warf Luz einen flüchtigen Blick zu. Er rollte mit den Augen.

Ein langes Leben. Genau das, was ich nicht hören wollte. Aber es wurde noch schlimmer.

»Und sehen Sie da! Sie werden heiraten und viele Kinder bekommen. Eine glückliche Liebe, Mädchen, ist das nicht wundervoll?« Dabei warf sie Luz ein breites Grinsen zu. Keine Frage, sie glaubte, Luz wäre mein zukünftiger Ehemann. Der hatte nun sein Gesicht in die Zuckerwatte freie Hand gestützt. Armer Luz. Wut stieg in mir hoch. Wie konnte sie so etwas sagen? Heiraten? Glückliche Liebe?

»Vielen Dank.« Ich entzog ihr meine Hand, um nicht noch mehr Grausamkeiten erfahren zu müssen.

»Was bekommen Sie dafür?« Ich bemühte mich, freundlich zu bleiben. Luz hatte natürlich recht gehabt. Die Frau erzählte wahrscheinlich allen das Gleiche, jeweils auf das jeweilige Alter abgestimmt. Sie erzählte den Leuten eben, was sie hören wollten. Die Dame faltete ihre Klauen vor dem Bauch zusammen und blickte uns zufrieden an.

»Zehn Euro, bitte.«

Was denn, so viel? Verblüfft sah ich sie an.

Sie winkte mit einer großzügigen Handbewegung ab. »Ja, ich weiß, normalerweise kostet es viel mehr. Aber Sie sind so ein nettes Mädchen, und es kommt nicht oft vor, dass ich bei jemandem die Zukunft so klar erkennen kann. Das ist sehr selten, wissen Sie!«, beteuerte sie mit wichtigem Gesichtsausdruck.

Ich schnappte nach Luft und wollte gerade mein Portemonnaie aus der Tasche ziehen, aber Luz war schneller. Er drückte ihr eilig einen Schein in die Hand. Die Dame hielt erfreut seine Hand fest, um sich zu bedanken. Aber dann erstarrte sie. Für ein paar Sekunden sah sie mit erschrockener Miene und weit aufgerissenen Augen Luz an. Dann sprang sie kreischend auf, schnappte sich eine der Kugeln und warf sie nach ihm. Luz bückte sich galant und die Kugel verfehlte ihr Ziel. Schon hatte sie eine neue in der Hand.

»Verschwinde von hier, Dämon!«, schrie sie hysterisch und holte zum Wurf aus.

Verwirrt stand ich da. Luz ergriff meine Hand und zog mich mitsamt Luftballons hinaus ins Freie. Wir konnten uns gerade noch die Treppe hinunterretten, als die Kugel scheppernd gegen die Tür krachte. Ein paar Meter weiter blieben wir schnaufend stehen. Ich starrte Luz irritiert an.

Er hatte angestrengt die Stirn in Falten gelegt und biss in seine Zuckerwatte.

»Was war das denn?«, wollte ich wissen. »Hat sie dich etwa erkannt?«

Luz zögerte einen Moment. »Nun, das würde ich nicht sagen. Aber anscheinend hat sie doch mehr drauf, als ich dachte.« Er zuckte gleichgültig mit den Schultern. »Was soll's! Komm, da vorne ist ein Schießstand. Wollen doch mal sehen, ob wir was gegen deine Abneigung bei Waffen machen können.« Er zog mich ein paar Stände weiter.

Nachdenklich folgte ich ihm. Aber was, wenn die Wahrsagerin nun doch recht hatte? Ich schüttelte trotzig den Kopf. Nein, das war einfach unmöglich.

Luz überredete mich, mit dem Luftgewehr zu schießen. Eine perfekte Gelegenheit zum Üben, erklärte er, und drückte mir eine Waffen in die Hand. Widerwillig zielte ich auf die roten Rosen an der Wand, aber es wurde natürlich ein Desaster. Ich traf einen guten Meter weiter rechts einem Teddy direkt ins Herz. Enttäuscht ließ ich das Gewehr sinken. Auch die nächsten Versuche gingen weit daneben. Der Schießstandbesitzer flüchtete vorsichtshalber in die hinterste Ecke. Luz kratzte sich nachdenklich am Kopf.

»Du darfst die Augen nicht zumachen, Charly. Pass mal auf!« Er schoss professionell drei Hühner von der Stange.

Aber bei mir funktionierte das natürlich nicht. Nach ein paar verzweifelten Versuchen gaben wir schließlich auf, jedoch nicht ohne beim Budenbesitzer eine beachtliche Summe als Entschädigung für die zerstörte Einrichtung zu hinterlassen.

Trotz allem amüsierte ich mich prächtig. Mittlerweile war es dunkel geworden und wir steuerten auf die Hauptattraktion des Marktes zu: das Riesenrad. Die bunten Lichter blitzten romantisch im sternenklaren Nachthimmel. Wie ein überdimensional großes Spinnennetz mit unzähligen Teelichtern.

Die Fahrgäste saßen meist eng umschlungen in den Gondeln und genossen die Aussicht.

Luz puffte mir mit dem Ellenbogen in die Seite. »Na, das wäre doch die perfekte Gelegenheit, um etwas gegen deine Höhenangst zu unternehmen. Was meinst du?«

Ich rollte mit den Augen. »Hey, das hier ist ein Jahrmarkt und kein Charlotte-Trainingslager!«, maulte ich. »Gegen Höhenangst kann man nichts machen, entweder man hat sie oder man hat sie nicht«, erklärte ich weiter.

»Ach ja, das Schicksal, so ähnlich wie die Wahrsagerin vorhin. Wie konnte ich das bloß vergessen?« Er schnaufte spöttisch. »Hast du es denn schon mal probiert?« Er deutete auf das Riesenrad.

Ich schüttelte zaghaft den Kopf. Das hatte ich tatsächlich noch nie. Bisher hatte man mich auch noch nie zu solchen Sachen gezwungen. Ich knirschte mit den Zähnen. Ein wenig verlockend war es ja schon.

»Keine Flugstunden? Keine Melodie? Keine Tricks?«, fragte ich misstrauisch.

Luz schüttelte den Kopf. »Ich verspreche dir: Es wird nichts Außergewöhnliches passieren. Wir fahren eine Runde, genießen den schönen Ausblick und dann steigen wir wieder aus. Es ist alles ganz harmlos.« Er legte beruhigend den Arm um meine Schultern und führte mich zur Kasse.

Wenig später saßen wir in einer der Gondeln. Ich schloss die Augen. Mein Herz klopfte noch einen Tick heftiger als normalerweise. Aus den Lautsprechern ertönte das Lied: »Über den Wolken«. Ich lehnte mich zurück in den Sitz. Schließlich setzten wir uns in Bewegung. Ich verkrampfte mich. »Sollte das heute nicht ein entspannter Tag werden? So zum Amüsieren?«, zischte ich zwischen zusammengebissenen Zähnen hervor. Luz lachte bloß. »Genieße doch die Aussicht. Nicht nach unten sehen. Schau mal, da hinten wohnst du.«

Neugierig folgte ich seinem Zeigefinger. Tatsächlich. Mein Wohnblock.

»Und dort, das muss das Krankenhaus sein«, rief ich begeistert.

Man konnte tatsächlich beinahe die ganze Stadt überblicken. Es war eine sternenklare Nacht. Das Riesenrad drehte gemütlich eine Runde nach der anderen und mein Kleid flatterte im Fahrtwind. Ich strich mir eine zerzauste Haarsträhne aus dem Gesicht und entspannte mich. Jedes Mal, wenn wir ein bekanntes Haus entdeckten, freuten wir uns wie kleine Kinder. Es war herrlich. Als wir uns an der höchsten Stelle befanden, stoppte das Karussell. Panisch sah ich mich um.

»Was ist los?«, fragte ich hektisch. »Warum geht es nicht weiter?«

»Das gehört mit dazu. Damit wir alles in Ruhe betrachten können.« Er rutschte näher zu mir heran und schnupperte an meinem Haar. »Hab ich dir schon mal gesagt, dass du verdammt gut riechst?«, fragte er schmeichelnd.

Ich warf ihm einen vernichtenden Blick zu.

»Nun werde mal nicht komisch. Warum sollte ich dir glauben? « Ich deutete auf die im Wind schwankenden Gondeln unter uns. »Immerhin bist du der Teufel, der größte Lügner aller Zeiten.« Mir wurde bewusst, in welch ausweglose Situation er mich gebracht hatte. Von hier oben gab es keinen Fluchtweg.

Luz legte meine Worte offenbar als Kompliment aus. Er streckte seine Nase in die Höhe und lächelte mich charmant an.

»Sei nicht albern, Charly, es geht doch gleich weiter.«

Aber auch fünf Minuten später passierte nichts. Wir hingen über der Stadt, das schwere Gerüst quietschte stöhnend im leichten Sommerwind. Langsam wurden auch die anderen Fahrgäste ungeduldig.

»Hey, was soll das? Gib Gas da unten!«, brüllte ein Mann direkt unter uns.

Mein Herzschlag setzte einen Moment lang aus. Bitte kein Motorschaden, nicht ausgerechnet, wenn ich hier oben festsitze.

Ich funkelte Luz böse an. »Gib es doch zu, du hast gesummt!«, fauchte ich. »Dabei hast du es versprochen!«

Luz runzelte die Stirn. »Nein, Charly, ich habe gar nichts getan.« Er sah sich suchend um und schnupperte in der Luft wie ein witternder Hund.

Unter uns verbreitete sich die Unruhe und immer mehr Gäste schimpften. Ich umfasste meine Taille. Jetzt bloß nicht durchdrehen. Es wird alles gut, redete ich mir zu. Aber es geschah nichts. Auch die Musik war verstummt. Plötzlich stampfte Luz energisch mit dem Fuß auf. Die Gondel schwankte bedrohlich.

»Ich hätte es wissen müssen! So ein Idiot!«, fluchte er laut und drückte dann fest meine Hand. »Bleib ganz locker, Charly, ich bin gleich wieder bei dir.«

Damit stand er auf und lehnte sich über das Geländer.

»Moment mal, du willst mich doch hier nicht …« … alleine lassen, wollte ich sagen, aber Luz hatte sich bereits über die Absperrung geschwungen und verschwand in der Tiefe. Ich starrte mit offenem Mund hinterher. Das durfte doch nicht wahr sein! Ich hing hier in schwindelnder Höhe und er haute einfach ab. Mistkerl! Ich atmete tief ein und aus. Ganz ruhig bleiben, redete ich mir immer wieder zu, aber es half nichts. Nervös kaute ich auf meiner Lippe und umklammerte fest den Sicherheitsbügel. Auf meiner Stirn bildeten sich Schweißperlen. Verzweifelt versuchte ich meinen Atem zu kontrollieren und die aufsteigende Panikattacke zu unterdrücken. Dann gab es einen kleinen Ruck und das Rad begann sich wieder zu drehen. Erleichtert seufzte ich auf und sackte entspannt zusammen. Zumindest für ein paar Sekunden, denn nach einer viertel Umdrehung bemerkte ich: Es wurde immer schneller.

Ich schnappte panisch nach Luft.

Da saß ich also mit verkrampften Händen und wehendem Rock und unterdrückte einen verzweifelten Aufschrei, während das Riesenrad viel zu schnell seine Runden drehte. Mein Haar tanzte um meinen Kopf. Ich kniff meine Augen zusammen und betete, dass Luz endlich wiederkommen würde. Die anderen Fahrgäste schien es nicht zu stören, dass aus dem gemächlichen Riesenrad ein wild gewordenes Hamsterrad geworden war. Sie schrien vor Begeisterung laut auf und feuerten den Mann im Häuschen an, noch mehr Gas zu geben. Das Rad schwankte bedrohlich. Wo blieb Luz?

Auf einmal erbebte meine Gondel unter einem harten Aufprall. Erschrocken starrte ich in das Gesicht eines übermütigen Teenagers, der sich von einer Gondel über mir hinuntergeschwungen hatte. Der Junge balancierte mit ausgebreiteten Armen auf einer Metallstange und kreischte triumphierend auf. Von oben hörte ich die jubelnden Zurufe seiner Kumpel. Gerade wollte ich versuchen, ihm in meine Gondel zu helfen, als der Junge sein Gleichgewicht verlor und in die Tiefe stürzte. Wie versteinert starrte ich ihm hinterher. Ich glaubte, noch ein dumpfes Klatschen des aufprallenden Körpers zu hören, aber dann vernahm ich nichts mehr außer dem lauten, unbarmherzigen Hämmern in meinen Schläfen. Dicker Rotz und salzige Tränen liefen über mein Gesicht. Ich heulte und schniefte, und endlich kam das Karussell mit einem gewaltigen Stöhnen zum Stehen. Zitternd sah ich mich um. Unter mir heulten Sirenen und Leute schrien durcheinander, aber zum

Glück befand ich mich nicht weit entfernt vom rettenden Boden. Ohne lange zu überlegen, kletterte ich über das Geländer und sprang hinunter. Es war wirklich nicht sehr tief, höchstens einen Meter, aber meine Knie waren so butterweich, dass ich auf den Bauch fiel. Zitternd wischte ich mir den Staub aus dem Gesicht und erhob mich schwankend. Auf dem Jahrmarkt war das totale Chaos ausgebrochen. Der Crêpeverkäufer gegenüber verteidigte verzweifelt seine Bude gegen eine Horde jauchzender Jugendlicher, indem er mit allem um sich warf, was er greifen konnte. So flogen Bananen und Nutellagläser wild durcheinander. Ein wenig entfernt ertönten laute Knalle vom Schießstand, Kinder weinten und hunderte von Menschen rannten aufgeregt durcheinander. Ein Sanitäter beugte sich über den übermütigen Teenager, der nun mit ausgestreckten Gliedern im Dreck lag – er war tot. Immer mehr Sirenen heulten auf, aber die Polizei war machtlos.

Jemand rempelte mich grob von der Seite an und schon lag ich wieder mit der Nase im Sand. Verflucht! Ich rappelte mich auf und schaute mich hektisch um. Dann packte mich jemand grob am Arm. Panik ergriff mich und ich versuchte mich zu befreien, als ich schließlich Luz' knallrotes Haar erkannte. Ohne zu überlegen, holte ich kräftig aus und schlug ihm mit der flachen Hand ins Gesicht – und bereute es auch gleich wieder. Meine Hand schmerzte fürchterlich.

»Verdammt, Charly!« Luz starrte mich an, als wäre ich verrückt geworden. »Wo warst du? Ich habe dich gesucht! Und wie siehst du überhaupt aus?« Er deutete auf mein schmutziges Kleid und mein verheultes Gesicht.

»Wo ich war?« Meine Stimme überschlug sich. »Du lässt mich da oben einfach alleine! Du Mistkerl!«

»Du hättest in der Gondel auf mich warten sollen!«, tadelte Luz mich und schüttelte vorwurfsvoll den Kopf.

Ich schnaubte wütend. »Entschuldige bitte, aber ich habe eben gerade die Hauptrolle in einem Horrorfilm gespielt, während du dich amüsiert hast!«, fauchte ich ihn an und wollte davonstürmen, aber Luz hielt meinen Arm fest.

»Ist ja gut! Beruhige dich! Jetzt komm, wir sollten verschwinden, bevor dir noch etwas passiert. Das ist übrigens Balthasar«, erklärte Luz und drehte mich zu seinem Begleiter um. Erst jetzt bemerkte ich den blonden Schönling an Luzifers Seite und mit einem Mal löste sich meine Wut in Luft auf.

»Du bist wirklich wunderschön, Charly«, säuselte der Playboy, ergriff meine schmutzigen Finger und gab mir einen Handkuss.

Mein Gesicht wurde heiß. Balthasar war umwerfend – der Typ Mann, der das Gesicht einer Frau schon durch ein leichtes Lächeln in ein idiotisches Honigkuchenpferdgrinsen verwandelte. Er sah einfach zu gut aus. Überirdisch schön. Meine Mundwinkel verformten sich ganz von selbst zu einem dämlichen Halbmond und ich senkte den Blick verlegen auf meine Fußspitzen.

»Jetzt aber Schluss mit dem Kinderkram.« Luz packte erneut meine Hand und zerrte mich davon.

Balthasar eilte neben mir her und legte den Arm um meine Taille. Als wäre ich eine Puppe, hob er mich hoch. Ich war dankbar darüber, meine wackeligen Beine entlasten zu können, und schwebte zwischen den beiden Männern vorbei an unzähligen Polizei- und Feuerwehrfahrzeugen.

»Du kannst mich Balti nennen, wenn du magst.« Der Mann zwinkerte mir verschmitzt zu.

Ich schmachtete zurück. Balti … wie süß!

»Balti ist ein Dämon«, erklärte Luz sachlich.

Mein Unterkiefer klappte nach unten. Ein Dämon?! Ich versuchte irgendetwas Hässliches an ihm zu entdecken, Hörner oder so etwas Ähnliches, aber da war nichts. Balthasar hätte mit seinen weichen Gesichtszügen, den strahlend blauen Augen und dem strohblonden Haar jedem Baywatch-Darsteller Konkurrenz gemacht. Hinzu kamen ein knackiger Hintern und ein durchtrainierter Körper, zumindest vermutete ich das unter dem maßgeschneiderten Anzug.

»Ihm haben wir dieses Desaster zu verdanken«, fuhr Luz trocken fort und knirschte hörbar mit den Zähnen.

Mein Grinsen erstarrte für einen Moment.

»Ich hoffe, ich habe dich nicht erschreckt, Charly«, sagte Balthasar besorgt und umfasste meine Taille noch etwas fester.

Das Grinsen war wieder da. »Aber nein«, log ich.

Luz verdrehte die Augen. »Balti hat nämlich Probleme mit seinem Temperament.« Luz' Tonfall klang giftig. Genau in diesem Moment explodierte eine Mülltonne neben uns. Meterhohe Flammen schossen in den Himmel und ein heißer Lufthauch fuhr durch mein Haar.

Ich kreischte auf und klammerte mich noch fester an Baltis Schulter.

»Sch, sch, sch ...«, zischte Balti beruhigend und kniff mir kräftig in den Hintern.

Jetzt hatte er aber doch einen Minuspunkt abbekommen. Ich funkelte ihn böse an, wurde aber auch schon weitergeschleift.

»Charly, es tut mir wirklich furchtbar leid, das mit dem Jahrmarkt«, säuselte Balti und strich mir vorsichtig eine Strähne von der Wange. »Habe ich dir schon gesagt, dass du bezaubernd aussiehst in deinem hübschen Kleid?«

Ich seufzte. Meine Mundwinkel zuckten verdächtig. Ich konnte ihm einfach nicht böse sein.

Ein paar Dutzend Komplimente später saßen wir in einer Imbissbude und schlürften Cola aus aufgeweichten Pappbechern. Sie war lauwarm.

»Wenn du ein Dämon bist, kannst du dann auch deine Gestalt ändern wie Luzifer?«, fragte ich Balthasar neugierig.

Luz war gerade damit beschäftigt, den zahnlosen Imbissbesitzer davon zu überzeugen, dass Cola auch aufgewärmt und mit Honig gewürzt sehr gut schmecken konnte.

Der arme Mann wehrte sich mit Händen und Füßen gegen diesen Stilbruch, gab aber schließlich genervt auf.

Der Dämon nickte stolz. »Natürlich, ich bin der Sohn des Herzogs Haborym. Er ist der mächtigste Dämon der Feuerbrünste der Unterwelt. Er hat drei

Köpfe, einer sieht aus wie eine Schlange, einer wie eine Katze und einer wie ein Mensch. Ich schätze, ich sehe im sehr ähnlich. Möchtest du es mal sehen?«

»Nein danke, nicht nötig«, erwiderte ich hastig. »Ich bevorzuge deine menschliche Gestalt. Und wir wollen doch nicht den armen Imbissbesitzer erschrecken.«

»Ihr Menschen seid auch wirklich leicht aus der Fassung zu bringen«, meinte Balthasar bedauernd. »Luz hat mir erzählt, dass du gerne in die Hölle möchtest, Charly. Ich kann das wirklich gut verstehen.« Er warf mir einmal mehr einen bewundernden Blick zu.

»Ach ja?« Ich zog die Stirn in Falten.

Balthasar nickte ernst. »Aber ja, es ist mein Zuhause, weißt du?« Er seufzte sehnsüchtig.

»Warum bist du dann hier?«

Balthasar zuckte mit den Schultern. »Ich habe Mist gebaut. Und meine Strafe muss ich jetzt hier bei euch absitzen.«

»Was hast du getan?«, fragte ich neugierig.

»Nun ich habe in der Hölle aus Versehen eine Stadt im Norden in Flammen aufgehen lassen«, erzählte er beschämt.

»Eine ganze Stadt? Wie beeindruckend.« Ich konzentrierte mich wieder auf meinen tropfenden Plastikbecher.

»Aber was ist vorhin auf dem Jahrmarkt passiert?«, fragte ich. »Hast du dieses Chaos verursacht?«

Balti fuhr sich mit der Hand durch das hellblonde Haar. »Na ja, ich hatte meine Gefühle nicht unter Kontrolle und das hat sich auf die Menschen übertragen. Ich stehe gerade ein bisschen neben mir, weißt du, ich habe Liebeskummer.« Betrübt schaute er mich mit großen Augen an.

»Oh.« Mitfühlend ergriff ich seine Hand. Sie war sehr viel wärmer als bei normalen Menschen. »Das tut mir leid.«

Balthasar verzog den Mund. »Er hat mich verlassen, der Mistkerl!«

Überrascht schnappte ich nach Luft. Ein schwuler Dämon? Na ja, warum auch nicht? Aber heimlich bedauerte ich es ein bisschen.

»Wenn er dich verlassen hat, hat er dich nicht verdient!«, sagte ich grimmig.

Balthasar lächelte mich an. »Du bist wirklich ein nettes Mädchen, Charly«, säuselte er charmant. »Und das war sehr mutig von dir, das mit der Ohrfeige.« Balthasars Stimme bebte vor Ehrfurcht. Wieder einmal ließ er einen bewundernden Blick über mich schweifen. Ich warf einen schiefen Blick auf meine gerötete Hand und verzog den Mund.

Er beugte sich ganz dicht zu mir herüber. »Charly, ich verspreche dir, ich werde dir helfen, deinen Tommy wiederzusehen«, flüsterte er feierlich.

Ich grinste zurück. Pluspunkt. Ich war mir zwar nicht sicher, ob es eine gute Idee war, einen Dämon zu mögen, aber ich fand ihn sympathisch.

»Erzähle mir etwas von deinem Mann«, bat er mich. »Du musst ihn wirklich sehr geliebt haben.«

Ich seufzte. »Das habe ich, er war wundervoll«, schwärmte ich. »Wir haben uns damals im Krankenhaus kennengelernt. Er war Arzt und ich hatte gerade meine Ausbildung als Krankenschwester angefangen. Es war Liebe auf den ersten Blick. Als ich ihn sah, wusste ich sofort, dass ist der Mann, mit dem ich den Rest meines Lebens verbringen will. Er hat mich vervollständigt, meinem Leben einen Sinn gegeben, seit er fort ist …« Meine Stimme erstarb und Balti ergriff mitfühlend meine Hand.

»Na, Kinder, amüsiert ihr euch?« Luz kehrte zurück und präsentierte stolz einen dampfenden Colabecher.

»Das ist widerlich«, sagte ich angeekelt, aber Luz war begeistert.

Vor der Tür stießen zwei Autos gegeneinander, wieder schrien Leute auf und kurz danach heulten die ersten Sirenen.

Luz seufzte tief. »Also schön, wir gehen gleich einkaufen und dann überlegen wir uns einen Plan«, brummte er verärgert.

»Einkaufen?«, fragte ich verwundert. »Heute ist Sonntag. Und es ist schon spät.«

Luz verdrehte die Augen. »Lebe ich in dieser verdammten Welt oder du?« Er deutete auf eines der unzähligen Plakate an den Schaufenstern, auf denen mit großer Schrift »Verkaufsoffener Sonntag bis Mitternacht« stand.

Ich blinzelte verwirrt. »Und was kaufen wir ein?«, murmelte ich. Ich hatte keine Lust mehr, überhaupt irgendwo hinzugehen. Ich wollte nach Hause, für heute reichte es mir dicke mit dem Amüsieren. Wo war meine heiß geliebte Langeweile geblieben?

Balthasar rieb sich den Bauch. »Ich habe einen riesen Hunger!«, rief er laut.

Irgendwie war mir so, als würde er mir hin und wieder einen sehnsüchtigen, gierigen Blick zuwerfen. Ich fragte mich ein wenig skeptisch, wovon Dämonen sich eigentlich ernährten, verwarf den Gedanken aber schnell wieder, denn genau in diesem Moment ging Luz heiß geliebter Pappbecher in Flammen auf und die klebrige Flüssigkeit verteilte sich über den Tisch. Luz knurrte. Er sah diesmal wirklich sehr böse aus, aber glücklicherweise war diesmal nicht ich, sondern Balti der Grund dafür. Der Dämon war knallrot angelaufen und bemühte sich verzweifelt, mit allen verfügbaren Servietten die heiße Cola vom Tisch und von Luzifer zu wischen.

»Ist ein kleines Malheur passiert, was?« Der Imbissbesitzer zeigte uns grinsend seine unzähligen Zahnlücken und breitete seelenruhig ein Handtuch über dem Tisch aus.

»Nicht das erste heute!«, knurrte Luz und warf Balti einen vernichtenden Blick zu.

Eine halbe Stunde später drängten wir uns durch ein überfülltes Kaufhaus. Ich hasste Menschenmassen in Kaufhäusern, hatte sie immer gehasst. Schon nach wenigen Minuten und etlichen Seitenhieben bekam ich Schweißausbrüche und da ich in einer Tour vor mich hin nörgelte, setzten Luz und Balti mich schließlich auf einer Bank in der Damenwäscheabteilung ab und zogen ohne mich weiter.

»Lauf ja nicht weg!«, ermahnte Luz mich zum hundertsten Mal.

Ich nickte. »Ja, doch«, erwiderte ich zum hundertsten Mal.

»Du bleibst hier sitzen und lässt dich auch nicht anquatschen. Wir gehen nur zum Fleischer und sind gleich wieder da.«

Ich war sehr froh, nicht mit so viel totem Tier konfrontiert zu werden. Also saß ich da, spielte an meinem Amulett und dachte an Tommy. Warum hatte ich mit ihm eigentlich nie so viel Spaß gehabt wie in den letzten Stunden mit Luz? Ich schüttelte energisch den Kopf, um diese dummen Gedanken loszuwerden.

Die Zeit verging und ich fragte mich, wie viel Fleisch Balthasar wohl in meine Wohnung schleppen würde. Gelangweilt betrachtete ich die farbenfrohe Spitzenunterwäsche, die sorgfältig um mich herum aufgebaut war. Direkt vor meiner Nase baumelte ein Nichts von einem schwarzen Stringtanga. Genau die Sorte, die ich niemals anziehen würde. Viel zu wenig Stoff und was um alles in der Welt sollte der Glitzerstein am Hintern? Ich kicherte amüsiert, als ich einen alten Mann zwischen den Wäscheständern herumlungern sah. Er ging stark nach vorn gebeugt und begrapschte mit zitternden Händen ein paar dunkelrote Strapsen. Angeekelt wandte ich den Kopf ab und bemerkte plötzlich, dass neben mir jemand saß. Ich zuckte zusammen und rückte ein Stückchen von meinem Sitznachbarn weg. Verstohlen betrachtete ich ihn aus den Augenwinkeln. Schon wieder so ein Schönling! Ich grinste blöd. So viele Modeltypen wie in den letzten Tagen waren mir mein ganzes Leben noch nicht über den Weg gelaufen. Der junge Mann strich sich lässig eine dunkle Locke aus dem porzellanfarbenen Gesicht. Er steckte in coolen, zerrissenen Klamotten und hätte genauso gut Werbung für H und M machen können. Erwartungsvoll sah ich mich um. Jeden Augenblick musste ja seine schöne Freundin aus einer der Umkleidekabinen herausstolzieren. Aber außer dem alten Wäschegrapscher war niemand zu sehen.

»Hey«, sagte der Mann neben mir und sah mich nun direkt an.

Mir blieb die Luft weg und ich wusste gar nicht, wo ich zuerst hinsehen sollte. Meine Füße erschienen mir auf einmal äußerst interessant.

»Hey«, murmelte ich leise. Ich zwang mich, meinen Blick zu heben und ihn anzuschauen. Mein Playboy-Nachbar lächelte mich freundlich an. Mir fiel auf, dass er himmelblaue Augen hatte.

»Was ist?«, fragte ich nun irritiert.

»Ich frage mich, was er von dir will, Charly«, erklärte der Schönling ruhig.

Oh nein! Ich zuckte zusammen und umklammerte

mit meinen Händen fest die Bank. Woher kannte er meinen Namen? Nicht schon wieder ein entlaufener Höllenbewohner. »Äh, wen meinst du jetzt genau?«

»Ich habe euch zusammen gesehen, auf dem Leuchtturm.« Der Mann seufzte tief. »Dich und Luzifer natürlich.«

Meine Gedanken rasten. »Ach, der Leuchtturm.« Ein dicker Kloß in meinem Hals verhinderte, dass meine Stimme normal klang. »Sag mal, wer bist du denn eigentlich?«, fragte ich tapfer und erwartete das Schlimmste.

Mein Nachbar lächelte breit. »Mein Name ist Gabriel.« Seine Stimme klang unglaublich sanft.

Mein Gehirn arbeitete. Irgendwo hatte ich diesen Namen schon einmal gehört. War es vielleicht im Religionsunterricht? Oh nein. Leuchtturm. Gabriel. Bitte kein Engel! Das hatte mir ja noch gefehlt. Ich nahm meinen ganzen Mut zusammen, um nicht schnell davonzulaufen. Verstohlen betrachtete ich ihn, aber ich konnte keine Flügel sehen.

Und auch keinen Heiligenschein.

»Ach, dann bist du über das Meer geflogen, da an dem Leuchtturm?«, fragte ich.

Gabriel nickte ernst. »Er macht so etwas normalerweise nicht, sich so lange in der Nähe eines Menschen aufzuhalten. Das ist untypisch.« Er schüttelte bekümmert seinen dunklen Lockenkopf.

»Ach ja?«, stammelte ich unbeholfen und versuchte verzweifelt den nächstmöglichen Fluchtweg auszukundschaften.

Gabriel durchbohrte mich mit seinen himmelblauen Augen. Was wollte er bloß von mir? Und wo blieb eigentlich Luz? Von ihm und Balti war weit und breit nichts zu sehen. Dafür entdeckte ich ein Fluchtwegschild direkt über der Tür hinter den Stringtangas.

Gabriel holte tief Luft, aber bevor er etwas sagen konnte, sprang ich auf und stürmte an den Wäscheständern vorbei durch die Fluchttür und hinein in ein spärlich beleuchtetes Treppenhaus. Panisch rannte ich die vielen Stufen hinauf auf das oberste Parkdeck. Nein, nicht mit mir! Zwei von denen waren deutlich mehr als genug. Wenn Gabriel meinte, er könne mich bekehren, oder so was, dann sollte er das mit Luz ausdiskutieren, die beiden mussten sich schließlich kennen. Ich rannte weiter und verfluchte mich innerlich. Warum war ich bloß die Treppen rauf und nicht runtergelaufen? Das musste ein Fluch oder so etwas sein, dass sich jemand mit Höhenangst immer wieder auf einem Dach, einem Riesenrad oder einem Turm befand. Wenn ich Platzangst hätte, wäre ich jetzt bestimmt in einem Bergwerkstollen tief unter der Erde zwischen Felsbrocken eingeklemmt. Außer Atem hielt ich direkt am Ende der Parkfläche an. Hektisch sah ich mich um – und wie sollte es auch anders sein? – am anderen Ende des Daches schlenderte der dunkelhaarige Schönling zwischen den unzähligen Autos direkt auf mich zu. Ich entdeckte nicht weit entfernt ein Baugerüst. Anscheinend wurde das Parkdeck renoviert. Ohne weiter nachzudenken, schwang ich mich mit einem Satz über das Geländer und balancierte über die schwankenden Bretter. Ha! Wer hatte noch mal gesagt, ich wäre ein Feigling? Das Holz unter meinen Füßen knarrte bedrohlich. Ich überlegte kurz, ob es nicht doch besser wäre, umzudrehen, aber nach einem Blick über die Schulter balancierte ich mutig weiter. Gabriel hatte mittlerweile das Gerüst erreicht und spazierte mir wie auf einem Laufsteg hinterher. Vor mir teilten sich die Bretter in zwei verschiedene Richtungen. Ich entschied mich für die linke Seite – wieder eine Sackgasse. Mein übliches Pech bei Fünfzig-fünzig-Chancen. Ich stand am Ende eines meterhohen, schwankenden Gerüsts und starrte hinunter auf die belebte Straße.

Aaahhh! In diesem Moment rutsche mein einer Fuß zur Seite und ich landete hart auf meinen Knien. Eine Sekunde später pieksten tausende von Holzsplittern in meine rechte Wange, während ich mit beiden Armen fest das Brett umklammerte und verzweifelt gegen eine nahende Ohnmacht ankämpfte. Warum war ich nicht in einem verdammten Bergstollen? Tief unter mir hupten Autos auf der Straße. Mein Atem ging schnappartig und in meinem Kopf drehte sich alles. Ich wagte es nicht, mich zu bewegen.

»Charly, jetzt hör mir doch erst einmal zu.« Gabriels samtweiche Stimme kam näher. »Ich möchte dir helfen, Charly. Weißt du eigentlich, mit wem du dich da einlässt?«

Ja, wusste ich sehr genau. Jetzt verschwinde endlich!

»Kannst du mich verstehen?« Die Stimme klang besorgt.

Ja, verdammt noch mal. Ich war nur etwas abgelenkt von den rasenden Autos unter mir und dem wackligen Brett, an dem ich hin. Wo steckte bloß Luz?

»Ich kann dir helfen, Charly, ich kann dich retten.«

Ich schnaubte verächtlich.

»Charly?« Mein Herz machte einen hoffnungsvollen Hüpfer. Vorsichtig öffnete ich meine Augen und sah Luzifer von der anderen Seite des Gerüstes auf mich zusteuern. Ich seufzte erleichtert auf.

Luzifer blieb abrupt stehen, als er Gabriel erkannte.

Seine Gesichtsfarbe verfärbte sich kreideweiß und aus seinem Haar stieg leichter Qualm auf. Oder bildete ich mir das nur ein?

»Sieh mal einer an. Gabriel«, zischte Luz zwischen den Zähnen hervor.

Gabriel lächelte verkrampft. »Luzifer«, sagte er gedehnt. »Ist lange her.«

Luz ging einen Schritt auf ihn zu. »Verräter!«, knurrte er böse und ballte seine Hände zu Fäusten. Die Haut über seinen Knöcheln verfärbte sich weiß.

Gabriel lachte auf. »Ach, hör doch auf. Das ist doch schon vergessen. Sag bloß, du bist nachtragend.«

Luz erwiderte das Lachen nicht. »Und wie!«, sagte er kühl und kam einen Schritt näher.

Ungläubig beobachtete ich die beiden. Hallo?! Die sollten mich retten und sich nicht über alte Zeiten unterhalten.

»Was soll das ganze Theater hier?«, fragte Gabriel und deutete auf die Straße unter uns. Luz hob fragend eine Augenbraue.

»Jetzt tu doch nicht so!« Gabriel schnaubte verächtlich. »Du warst noch nie so lange an einem Ort. Glaubst du, wir würden so etwas nicht bemerken?«

»Ach nein! Mit anderen Worten, du schnüffelst mir nach?« Luz' Stimme überschlug sich fast vor Spott.

Gabriel schüttelte betrübt den Kopf. »Du bist dabei,

die Regeln zu brechen. Und das alles nur wegen dieses Mädchens?« Er machte eine abfällige Handbewegung in meine Richtung.

»Das geht dich nichts an!« Luzifer ging weiter auf Gabriel zu. Er wirkte kampfbereit, und Gabriel trat nervös von einem Bein auf das andere.

»Luz!«, jammerte ich kläglich. »Hilf mir!«

Jetzt endlich schien Luz zu bemerken, dass dies durchaus eine dumme Situation für mich war. Er winkte mir beruhigend zu. »Keine Angst, Charly, ich bin ja da.«

Gabriel drehte sich verblüfft zu mir um. »Du glaubst ihm?«, fragte er mich verwirrt. »Er ist ein Lügner, er ist böse!« Der Engel schüttelte betrübt den Kopf. »Du solltest dich vor ihm fürchten. Du darfst ihm nicht vertrauen.« Langsam ging er einen Schritt in meine Richtung.

»Keinen Schritt weiter!« Luz' Stimme ließ mir das Blut in den Adern gefrieren. »Verräter!«, knurrte er erneut.

Ich beobachtete mit schnell klopfendem Herz, wie die beiden Männer sich anstarrten wie zwei kampflustige Tiger. Sie standen sich mit gebeugter Haltung gegenüber, jeden Augenblick konnte einer auf den anderen zuspringen. Mich hatten sie wieder vergessen.

»Hey, Jungs!«, rief ich verzweifelt. »Könnt ihr das nicht später klären?«

Einen kurzen Augenblick starrten sie mich an, als sähen sie mich heute zum ersten Mal. Dann stürzten sie mit unnatürlich schneller Geschwindigkeit und riesigen Schritten auf mich zu. Ich hatte gerade noch genügend Zeit, mir zu überlegen, welche Gesellschaft mir lieber wäre, als eine glühend heiße Stichflamme direkt vor meiner Nase durch das Holzbrett schoss und ich schreiend in die Tiefe stürzte.

Schließlich war es vorbei und ich befand mich zitternd in den Armen von Balthasars. Ich öffnete kurz den Mund, um etwas wirklich Wütendes zu sagen, aber dann fiel ich in Ohnmacht.

Als ich irgendwann wieder zu mir kam, befand ich mich immer noch in Balthasars Armen, aber schon in Luz' Jaguar auf dem Weg zu meiner Wohnung.

»Wer zum Teufel war das denn?«, flüsterte ich benommen.

»Och, ein alter Bekannter«, flüsterte Balthasar zurück. »Einer von denen!« Er setzte ein albernes Grinsen auf und flatterte dabei mit den Armen wie ein unbeholfenes Küken.

»Er ist also wirklich Ein Engel?«, fragte ich und rieb mir meinen dröhnenden Schädel.

»Sogar ein Erzengel«, knurrte Luz böse.

»Der Name Gabriel kommt mit bekannt vor«, meinte ich nachdenklich.

»Natürlich.« Luz schnaufte verächtlich. »Er ist die Stimme Gittes. Der große Verkünder. Er war es, der Maria offenbart hat, dass sie schwanger ist. Immer, wenn es in der Geschichte etwas Wichtiges geschieht, ist er da. Es ist quasi unmöglich ihn nicht zu kennen.«

»Eine richtige Berühmtheit also.« Für diese Aussage erntete ich grimmiges Schweigen. »Ich dachte immer, der Engel Gabriel wäre eine Frau«, fügte ich hinzu, um die Stimmung etwas aufzubessern.

»Er hat sich mal einen Scherz erlaubt und sich als Frau verkleidet. Humor hat er ja, das muss man ihm lassen. Danach haben die Menschen ihn oft auch als Frau abgebildet.« Balthasar lachte gehässig.

»Und warum ist er hier? Was will er von mir?«, wollte ich wissen.

»Vermutlich soll er überwachen, dass du deine Sünde auch aus freiem Willen begehst, dass ich dich nicht dabei beeinflusse oder irgendwelche Tricks anwende«, erwiderte Luzifer nachdenklich.

»Aber das würdest du doch niemals tun«, sagte ich spöttisch.

»Natürlich nicht.« Luz schmunzelte amüsiert. »Aber

so ganz verstehe ich das nicht. Das ist überhaupt nicht Gabriels Art sich so sehr einzumischen. Nun wir werden sehen.«

Ich lehnte mich in meinem Sitz zurück und schloss die Augen. Ich wollte ins Bett. Zweimal an einem Tag in Lebensgefahr zu geraten, war eindeutig zu viel.

Ich war heilfroh, als ich mit Baltis Hilfe schließlich meine Wohnung erreichte und mich auf mein Sofa fallen ließ.

»Kakao, Tee oder heiße Milch mit Honig?« Luz kramte wieder einmal in meinen Küchenschränken, während Balti gerade dabei war, etwas – ich wusste nicht was und wollte es auch gar nicht wissen – in meinem Kühlschrank zu verstauen. Ich verdrehte genervt die Augen. Verdammte Höllenbande!

»Tee«, murmelte ich schwach und schloss die Augen. Schlafen wäre jetzt echt klasse.

»Schön hast du es hier, Charly.« Ich nickte Balti erfreut über sein Kompliment zu, aber sonst bewegte ich mich nicht. Vielleicht sollte ich mich einfach tot stellen? Genau in diesem Moment klingelte das Telefon. Das durfte doch nicht wahr sein!

»Soll ich rangehen?«, fragte Luz mit einem hinterhältigen Grinsen im Gesicht und zwei Bechern Tee in den Händen. »Ist bestimmt deine Mutter.«

»Nein, danke!«, erwiderte ich und erhob mich mühsam, um ans Telefon zu torkeln. Egal wer es war, ich würde ihn umbringen!

»Ja?«, maulte ich in den Hörer hinein.

»Charly!«

Oh nein! Es war nicht meine Mutter. Es war viel schlimmer – es war Jenny. Jenny mit unnatürlich hoher Stimme.

»Charly, ich wollte dich nur an unsere Probe heute erinnern.«

Ich hielt den Hörer vorsichtshalber ein Stück von meinem Ohr weg. Irgendwie befürchtete ich, mein Trommelfell könnte eine solche Frequenz nicht überstehen. Was zum Teufel für eine Probe?

»Äh, Jenny, heute ist doch Sonntag«, erwiderte ich. »Und es ist schon sehr spät.«,

»Aber das ist doch egal«, flötete Jenny. »Wir sind alle so gespannt auf unser neues Stück, da wollen wir heute noch üben. Bis dann also. Ach und Charly, bring doch den süßen Luzifer wieder mit, ja?« Jennys Stimme verwandelte sich nun in ein Quieken und bevor ich etwas erwidern konnte, hatte sie auch schon aufgelegt.

Na, großartig! Nun war auch noch meine Theatergruppe übergeschnappt. Verärgert hängte ich den

Hörer ein und taumelte zurück in die Küche. Luz und Balti saßen an meinem Küchentisch und blickten mich erwartungsvoll an.

»Lass mich raten. Wir spielen heute Abend Theater?« Luz grinste mich vergnügt an.

Ich schnitt eine Grimasse und nahm einen Schluck von dem heißen Tee. Na, vielleicht war es nicht schlecht, wenn ich mich noch einmal von meinen Freunden verabschieden konnte.

»Du spielst Theater, Charly?«, fragte Balti mich ehrfürchtig. »Das ist ja wundervoll!«

Ich wollte gerade dankbar antworten, als Luz mir zuvorkam. »Sie ist nur Statistin«, säuselte er höhnisch. »Sie spricht keine Texte.«

Ich warf ihm einen vernichtenden Blick zu. Charmant wie immer!

Aber Balthasar ignorierte seine Bemerkung. »Ich habe gewusst, dass du viele Talente hast, Charly.«

Ach, wie wundervoll wäre die Welt, wenn es noch ein paar mehr Menschen wie Balti gäbe. Ach nein, er ist ja gar kein Mensch, dachte ich seufzend und trank meinen Tee aus.

Wenig später fuhren wir zu dem alten Theater. Obwohl Luz fuhr, dauerte die Fahrt beinahe doppelt so lange als sonst. Es schien, als wäre heute jeder, der ein Auto in dieser Stadt hatte, unterwegs, und keiner wollte sich mehr an die Verkehrsregeln halten. Aber ich beachtete den Tumult nicht. Ich saß müde in meinem Sitz und dachte an Tommy. Was gäbe ich nicht alles, wenn ich bereits in Tommys Armen liegen könnte. Mein geliebter Tommy. Je mehr ich an ihn dachte, desto stärker wurde mein Entschluss, beim nächsten Versuch nicht zu versagen. Ich würde allen zeigen, welch ein böses Mädchen ich sein konnte. Luz, Balti und vor allem Gabriel würde ich es schon zeigen. Trotzig biss ich auf meine Lippe und konzentrierte mich auf Luz' und Baltis albernes Gerede.

Wenn ich gewusst hätte, was mich erwarten würde, dann hätte ich Jenny bereits am Telefon Lebewohl gesagt! Meine gesamte Theatergruppe stand erwartungsvoll vor dem Gebäude und sah uns zu, wie wir uns einer nach dem anderen aus dem Sportwagen zwängten. Ich fragte mich, wen sie wohl ehrfürchtiger anstarrten: Luz, Balti oder das Auto.

»Wer ist das denn jetzt schon wieder?« Jennys Stimme überschlug sich fast, als sie mich am Arm packte und hinter sich in das Theater zerrte.

»Äh, was meinst du?«, fragte ich unschuldig, obwohl ich mir Jennys Aufregung schon denken konnte.

Jenny rang nach Luft. »Du meine Güte, Charly! Da weiß man ja gar nicht, wen man nehmen soll!«, hauchte sie und quetschte dabei blaue Flecken auf meinen Arm.

»Am besten gar keinen!«, erwiderte ich bestimmt und befreite mich aus ihrer Umklammerung. Ich überlegte kurz, ob ich ihr erklären sollte, dass Balthasar sich für Männer interessierte und außerdem drei Köpfe hatte, aber ich ließ es sein, denn Jenny hörte mir natürlich nicht zu. Sie war den Rest des Abends voll damit beschäftigt, abwechselnd Luz und dann wieder Balti anzuhimmeln. Sie tänzelte vor ihnen auf und ab und kicherte dabei wie ein kleines Mädchen. Den beiden Höllenknaben schien es zu gefallen. Luz grinste breit vor sich hin und Balti verteilte eifrig an alle Komplimente. Wen wunderte es da, dass ich am Ende die einzige war, die wirklich ernsthaft an ihrer Rolle probte? Als Statistin spielte ich ja alle Figuren, die hin und wieder mal im Stück auftauchten. Also verkleidete ich mich erst einmal als eine alte Frau, die gebückt an einem Stock humpelte und einen kleinen Hund hinter sich her zog. Als Nächstes verkleidete ich mich als einen vornehmen Bettler und dann spielte ich einfach eine Dame, die am Tisch saß und Kaffee trank. Natürlich musste ich kein Wort sagen und so waren meine

Rollen immer schnell eingeübt. Bei dem vielen Umziehen vergaß ich, dass ich eigentlich total müde und kaputt war. Ich führte Luz und Balti stolz meine Kostüme vor und erntete dafür eine ganze Menge Lob. Meine Freunde probten währenddessen nur halbherzig ihre Rollen. Sie waren durch den Besuch viel zu sehr abgelenkt.

Beinahe war ich ein wenig wehmütig, als wir uns schließlich verabschiedeten. Ob es in der Hölle auch eine Theatergruppe gab? Ich zog eine Grimasse und beobachtete Balthasar, wie er verzweifelt versuchte, sich von meinen Freunden loszureißen. Sie hatten den blonden Schönling umzingelt und schmachteten ihn an wie einen Filmstar. Genervt verdrehte ich die Augen.

Endlich saßen wir wieder im Auto und ich warf einen letzten Blick auf das alte Theater.

»Also am besten gefallen hast du mir als alte Frau, Charly.« Luz blickte mich ernst an, während er den Zündschlüssel umdrehte.

Ich lächelte gezwungen. »Wirklich?«, zischte ich zwischen zusammengebissenen Zähnen zurück.

»Ja, diese Haltung, der Gang, die Kleidung, alles passt einfach wundervoll zu dir.«

Ich seufzte tief und schloss die Augen.

»Also ich finde, du hast das wirklich ganz fantastisch gemacht, liebe Charly.« Balti küsste mir galant die Hand.

Luz lachte schallend, aber ich ignorierte ihn eisern.

Dann fiel ich endlich in den lang ersehnten Schlaf.

Tag 4

Irgendetwas quietschte direkt neben meinem linken Ohr. Es dauerte eine Weile, bis ich meine Gedanken halbwegs sortiert hatte. Verschlafen tastete ich die Umgebung ab und stellte zufrieden fest, dass ich in meinem Bett lag. Ich reckte mich genüsslich. Aber das seltsame Geräusch in meinem Ohr wollte nicht aufhören zu quietschen. Woran erinnerte mich das nur? Ah, ja. Die alte Klassik-CD. Es war eine Geige. Mit einem Ruck setzte ich mich auf. Ich befand mich tatsächlich in meinem Bett und direkt daneben stand Balthasar und spielte Geige. Fassungslos starrte ich ihn an. Ich konnte mich nicht mehr daran erinnern, wie ich gestern Abend überhaupt hierher gelangt war, und das erste, was ich heute sah, war ein Geige spielender Dämon!

»Wo hast du die denn her?«, nuschelte ich verschlafen und rieb meine verklebten Augen. Balti strahlte mich verzückt an. »Hat mir der Winter geliehen.« Er unterbrach sein Stück und präsentierte mir stolz das alte Instrument. »Ist wirklich ein sehr netter Mensch, dein Obermieter.«

»Und so musikalisch«, zischte ich ironisch zurück, aber Balti blieb unbeeindruckt.

»Luz hat mich schon gewarnt, dass du morgens immer sehr schlechte Laune hast.« Er zuckte munter mit den Schultern. »Und da hab ich mir gedacht, ich wecke dich schön sanft.«

»Wer hat hier schlechte Laune?«, giftete ich ihn an und schwang mich aus dem Bett.

»Es gibt Frühstück«, flötete Balti und verschwand in der Küche.

Nachdem ich geduscht und mein wirres blondes Haar zu einem Zopf gebunden hatte, ging ich schließlich halbwegs gut gelaunt in die Küche – nur um dort schleunigst zum Fenster zu eilen und meinen Kopf an die frische Luft zu halten. Du meine Güte! Für einen Vegetarier gibt es wohl nichts Schlimmeres, als früh am Morgen mit dem Geruch von gebratenem Fleisch geweckt zu werden. Anscheinend hatte sich Balti vorgenommen, heute Morgen einen ganzen Topf mit Chili con Carne zu verspeisen, das nun munter auf meinem Herd köchelte. Ich rang nach Luft und kämpfte gegen meinen rebellierenden Magen. So ungefähr musste sich jemand fühlen, der schwanger war und in einer Pommes-Bude arbeitete.

»Guten Morgen, Charly.« Luz sah mich spöttisch an. »Hast du gut geschlafen?«

»Oh, Charly, das tut mir ja so leid!« Balti war schon dabei, alle Türen und Fenster zu öffnen, um den dichten Bratennebel herauszulassen.

Ich lehnte mich weit durch das offene Fenster und atmete tief durch. Da entdeckte ich plötzlich meine Nachbarn aus dem Haus von gegenüber. Verblüfft beobachtete ich, wie sie mir lautstark zugrölten und dabei mit einer Flasche Korn hin und her winkten. Ich grüßte zurück und betrachtete die bunten Hüte und Masken, mit denen sie sich verleidet hatten. Karneval mitten im Hochsommer? Schnell schloss ich das Fenster wieder und setzte mich an den Küchentisch.

Wenig später stocherte ich lustlos in meinem Müsli herum und hörte mir dabei Baltis endlose Entschuldigungen an.

»Was ist das denn?«, unterbrach ich ihn irgendwann und deutete auf einen Zettel, der vor Balti auf dem Tisch lag. Der Dämon schob seine Schüssel Chili con Carne zur Seite und strahlte mich an.

»Ich habe eine Liste aufgestellt mit den schönsten Morden, die ich kenne«, erklärte er stolz. »Du weißt doch, die Sache mit der Sünde.« Er blickte mich verschwörerisch an, während Luz genervt die Augen verdrehte.

»Wie nett von dir«, erwiderte ich trocken. Als wenn ich das vergessen hätte.

»Pass auf, soll ich sie dir vorlesen?«

Ich wollte gerade verneinen, aber Balti ließ sich nicht aufhalten. Er hatte vor Aufregung ganz rote Wangen, was ihn noch sympathischer machte.

»Also, mein absoluter Favorit ist ja das Zerstückeln mit einer Kettensäge.« Er fuchtelte begeistert mit den Armen.

Ich ließ entsetzt meinen Löffel fallen und unterdrückte ein Würgen. Kettensäge?

»Hast du schon mal davon gehört, Charly?«

Ich schüttelte hastig den Kopf, aber Balti beachtete mich gar nicht. »Man schmeißt eine Kettensäge an und zerstückelt sein Opfer in viele Einzelteile. Das gibt dabei so seltsame Geräusche. Kennst du das Summen einer Kettensäge, Charly? Und dazu kommt noch das Knacken der Knochen und natürlich spritzt viel Blut. Kannst du dir das vorstellen, Charly?«

Ja, verdammt noch mal! Ich konnte mir das sehr gut vorstellen! Wütend knirschte ich mit den Zähnen, während ich erneut meinen Kopf aus dem Fenster hielt und gegen die Übelkeit ankämpfte. Meine Nachbarn johlten mir währenddessen vergnügt zu.

»Aber, Charly …«

»Halt die Klappe!«, zischte ich und ignorierte den verdutzten Gesichtsausdruck des Dämons. Okay, Horrorgeschichten am Morgen waren noch schlimmer als frisch gebratenes Fleisch.

»Ich glaube, du solltest alle Möglichkeiten von deiner Liste streichen, die irgendwie mit zu viel Blut oder Schusswaffen zu tun haben«, sagte Luz trocken, als ich mich endlich zurück an den Tisch setzte.

»Oh …« Balti zückte bekümmert einen Kugelschreiber und strich in seiner Liste herum. »Bleibt dann aber nicht viel übrig.« Er verzog enttäuscht den Mund, Luz grunzte amüsiert.

»Also, wie wäre es mit Gift oder Bomben?« Balti sah mich erwartungsvoll an.

»Gift und Bomben?« Seufzend verbarg ich mein Gesicht in den Händen. In meinem Kopf drehte sich alles. Mussten wir das unbedingt beim Frühstück besprechen?

»Ich habe großartige Neuigkeiten, Charly«, unterbrach Luz meine Gedanken.

»Wir sollten dringend klären, was alles unter die Kategorie ›großartige Neuigkeiten‹ fällt!«, erwiderte ich gereizt.

»Wir verreisen«, erklärte er stolz.

»Wir verreisen«, wiederholte ich. »Und wohin verreisen wir?«

Luz zuckte mit den Achseln. »Keine Ahnung. Wo wolltest du schon immer mal gerne hin?«

»Wieso denn überhaupt verreisen?«

»Deswegen!« Luz deutete zum Fenster. Von meiner Wohnung aus konnten wir die Sirenen eines Krankenwagens hören. Ich seufzte tief, aber dann fiel mir etwas ein.

»Paris!«, entfuhr es mir prompt.

»Gut! Dann halt Paris!« Luz löffelte geheimnisvoll lächelnd sein Honigglas leer.

Balthasar klatschte begeistert in die Hände. »Super! Wir machen einen Ausflug? Mit 'ner Menge Blut, Orgien, Drogen und zwielichtigen Gestalten in Unterwäsche?«

Luzifer warf mir einen schiefen Blick zu und erwiderte, bevor ich etwas antworten konnte: »Ich denke, wir streichen das alles und machen nur einen Ausflug. Einen braven Ausflug sozusagen.«

»Oh.« Balthasar guckte uns enttäuscht an. »Macht nichts. Ich freue mich trotzdem«, sagte er und warf mir einen Handkuss zu.

Auf einmal waren meine Sorgen und die Übelkeit wie weggeblasen. Paris! Aufgeregt lief ich ins Schlafzimmer, um meine Koffer zu packen. Immerhin etwas Gutes an der ganzen Sache. Ich war schon ewig nicht mehr verreist. Tommy meinte immer, zu Hause wäre es doch auch ganz schön. Und dann Paris …! Verträumt kramte ich meine schönsten Kleider aus dem Schrank heraus und stopfte sie in den Koffer.

Kurze Zeit später überlegte ich verzweifelt, was ich wohl auf der Fahrt anziehen sollte – Luz war bereits losgegangen, um unsere Tickets zu besorgen. Ich konnte mich mal wieder nicht entscheiden.

»Also, ich finde, das gelbe Kleid steht dir fantastisch.« Balti saß noch immer in der Küche und gab mir geduldig Ratschläge. Er war echt ein Schatz. Ich würde nie wieder ohne einen schwulen Dämon Shoppen gehen, dachte ich vergnügt und strich hastig mit den Händen über meine Hüften.

»Wirklich?« Ich war immer noch unsicher.

»Aber, Charly«, säuselte Balti galant. »Du bist bezaubernd.«

Ich schmolz dahin. In dem Moment klingelte es an der Tür.

»Seit wann kann er klingeln?«, knurrte ich genervt und ging zur Wohnungstür, um Luz zu öffnen.

Aber es war nicht Luzifer. »Gabriel«, stotterte ich unbehaglich und ging einen Schritt rückwärts.

Der dunkelhaarige Engel sah genauso umwerfend aus wie gestern.

Freundlich lächelte er mich an und ging selbstsicher an mir vorbei in meine Wohnung. »Hallo, Charly.«

»Äh, Moment mal …«, sagte ich, aber da war er auch schon in meiner Küche und ich konnte hören, wie Balti einen Teller fallen ließ. Schnell hastete ich hinter ihm her.

»Hey, Jungs!«, stotterte ich unbehaglich. Der Dämon war gerade dabei, den Engel um meinen Küchentisch zu verfolgen wie eine angriffslustige Raubkatze. »Nun seid doch nicht albern«, fügte ich nervös hinzu, aber die beiden beachteten mich nicht.

Balti hatte die Hände zu Fäusten geballt und schlich in gebeugter Haltung auf Gabriel zu. Sein sonst so schönes Gesicht hatte er zu einer hässlichen Grimasse verzogen. Aus seinen nun rötlich schimmernden Augen sprühten hassvolle Blitze.

Gabriel dagegen redete beschwichtigend auf den Dämon ein und wich dabei vorsichtig von ihm fort. Na, wunderbar! Mussten sie ihre Streitereien unbedingt in meiner Küche austragen?

»Ähm, möchtest du einen Kaffee, Gabriel?« Ich fuchtelte zaghaft mit den Händen, wurde aber ignoriert.

»Gabriel.« Balthasar leckte sich mit der Zunge über

die Lippen. »Wie lange warte ich schon auf diesen Moment?« Ein tiefes Knurren erklang aus seiner Kehle. »Endlich treffe ich dich einmal allein.«

»Was heißt denn hier ›allein‹?« Ärgerlich stampfte ich mit dem Fuß auf, aber ich wurde nicht beachtet. Gabriel wich weiter mit geduckter Haltung vor dem wütenden Dämon zurück.

»Wo ist Luzifer?«, fragte er ruhig und sah sich im Zimmer um.

»Nicht hier.« Baltis Stimme war nun ein hässliches Zischen.

»Balthasar …«, begann der Engel, aber Balti unterbrach ihn forsch.

»Halt die Klappe, du verlogener Dreckskerl«, zischte er.

»Jetzt ist aber Schluss!«, rief ich verärgert und stellte mich zwischen die Streithähne. »Das hier ist meine Wohnung! Hier wird nicht gestritten! Das ist neutrales Gebiet! Verstanden?« Wütend schaute ich von einem zum anderen.

Balti und Gabriel starrten mich verdutzt an.

»Neutrales Gebiet?« Balti blinzelte unsicher.

Ich nickte energisch und hoffte, niemand außer mir konnte mein lautes Herzklopfen hören.

»Charly?« Luz' verblüffte Stimme ließ mich zusammenzucken.

Erleichtert drehte ich mich zu ihm um.

»Sieh mal einer an!« Luz stand in der Küchentür und starrte mit hochgezogenen Augenbrauen auf Gabriel. »Was willst du denn schon wieder?«, fragte er mit leiser Stimme. Seine Mundwinkel zuckten gefährlich. »Hat Michael dich geschickt?«

Gabriel schüttelte den Kopf. »Wir machen uns Sorgen«, erklärte er sachlich, ohne dabei Balti aus den Augen zu lassen.

»Wir verlassen die Stadt«, zischte Luz grimmig.

Gabriel nickte. »Wann?«

»In einer Stunde.«

»Wohin?«

Luz grunzte verärgert. »Geht dich nichts an. Und jetzt verschwinde.« Er deutete energisch zur Tür.

Gabriel löste den Blick von Balthasar und starrte mich einen Moment schweigend an. Unbehaglich trat ich von einem Bein auf das andere. Dann drehte der Engel sich wortlos um und verließ die Wohnung.

Erleichtert ließ ich mich auf einen Stuhl fallen. »Was war das denn?«, wollte ich mit immer noch stark klopfendem Herzen wissen. »Was habt ihr gegen ihn?« Fragend sah ich erst Luz und dann Balti an.

»Ich meine, ich mag ihn ja auch nicht so besonders. Schließlich hat er gestern versucht mich umzubringen …«

»Alte Geschichte.« Luz zuckte mit den Schultern.

»Wie alt genau?«, fragte ich.

Luz winkte ab, aber ich blieb beharrlich. »Ich finde, wenn ich schon ständig zwischen eure Fehde gerate, dann habe ich zumindest das Recht darauf, zu erfahren, worum es geht«, sagte ich bestimmt und verschränkte die Arme vor der Brust.

»Also schön«, meinte Luz schließlich und runzelte verdrießlich die Stirn. »Er hat mich an Michael verraten. Er ist schuld an der ganzen Geschichte. An dem Höllensturz und so. Wenn er nicht gewesen wäre, dann hätten wir damals gewonnen. Er ist schuld daran, wir aus dem Himmel verstoßen wurden.« Er starrte grimmig auf die Wand hinter mir.

»Oh«, murmelte ich betroffen. Ich wollte mir nicht ausmalen, was wohl mit der Menschheit geschehen wäre, wenn Gabriel seinen Mund gehalten hätte. Aber das würde ich Luzifer lieber nicht sagen.

»Aber das ist doch jetzt schon … wie viele tausend Jahre her?«, fragte ich statt dessen.

Luz warf mir einen zornigen Blick zu. »So etwas vergisst man nicht«, knurrte er. »Wie auch immer.« Luz zog mit einer flinken Handbewegung drei Tickets aus der Hosentasche. »Vergiss ihn einfach. Wir müssen uns beeilen.« Er grinste mich verschmitzt an. »Paris!«

Eine Stunde später saßen wir in einem Sechserabteil der ersten Klasse eines überfüllten Zuges. Verträumt schaute ich aus dem Fenster und betrachtete die vorbeiziehende Landschaft. Seit so langer Zeit träumte ich schon von der Stadt der Liebe und nun sollte es endlich wahr werden. Den Gedanken an den eigentlichen Grund unserer Reise schob ich beiseite. Das kleine Abteil füllte sich allmählich mit dem Geruch von Würstchen und Frikadellen. Angewidert verzog ich den Mund und knabberte etwas an meinem Salat. Mir gegenüber saß Luz und verspeiste einen Eisbecher mit acht Kugeln. Schnell schaute ich wieder aus dem Fenster und ignorierte Balthasars Schmatzen neben mir. Er schob sich gerade das dritte Würstchen in den Mund. Vor sich hatte er einen künstlerischen Turm aus Frikadellen aufgebaut und bastelte sich Hot Dogs und Hamburger.

»Du hast mal gesagt, Tommy sitzt bei dir unten am Fenster?«, fragte ich sehnsüchtig.

Luzifer verdrehte die Augen.

Er antwortete mir nicht, sondern konzentrierte sich auf seinen Eisbecher.

Ach, mein armer Tommy. Ich seufzte tief und stellte mir vor, wie mein geliebter Mann einsam und traurig an einem Fenster saß. Bald würde ich bei ihm sein. Bald würde alles gut werden. Die Hölle würde unser persönliches Paradies werden. Zufrieden über die Vorstellung eines Wiedersehens betrachtete ich die anderen Fahrgäste etwas genauer. Außer uns dreien saßen noch ein junges Liebespaar und ein Mann in dem Sechserabteil. Das Paar war damit beschäftigt, sich gegenseitig die Zunge abwechselnd in den Mund oder in das Ohr zu stecken. Der sechste Fahrgast trug über einem klein karierten Hemd einen ebenso klein karierten Pullunder mit gestreifter Krawatte. Seine ockerfarbene Bundfaltenhose war etwas zu kurz, sodass man seine geringelten Socken und ein Stück seiner behaarten Beine sah.

Es dauerte nicht lange und das Handy des Mitfahrers klingelte. Es dauerte aber umso länger, bis er es aus seiner Reisetasche herausgekramt hatte, und bis dahin ertönte eine nervige Version von »Alle meine Entchen«. Endlich drückte er eine Taste und ich atmete erleichtert auf.

»Ja, Liebling?« Der Mann sank tiefer in seinen Sitz, während er sich mit einem Stofftaschentuch die

Stirn abtupfte. Gespannt hörten wir zu, wie er sich ein dutzend Mal bei seinem Liebling dafür entschuldigte, irgendetwas vergessen zu haben. Das Liebespaar bekam von alledem wenig mit. Sie waren viel zu sehr damit beschäftigt, heftig unter den T-Shirts zu fummeln. Ich fragte mich verwundert, warum sie zwei statt nur einen Platz reserviert hatten.

Ich dachte darüber nach, wie ich wohl in den letzten Jahren auf meine Mitmenschen gewirkt haben musste. Vermutlich genauso spießig wie unser Mitfahrer. Verdrießlich verzog ich den Mund.

Das Telefon des Mannes klingelte in der nächsten halben Stunde ununterbrochen. Nach »Herzilein«, »Polonaise«, »La Cucaracha« und ungefähr einhundert »Lieblings« hatte ich wirklich die Nase voll. Ich atmete einmal tief durch und lehnte mich rüber zu Luz.

»Du, sag mal …« Ich sah ihm verschwörerisch in die Augen.

 Luz blickte erwartungsvoll zurück.

»Kann man da nicht was machen?« Ich deutete mit einem Kopfnicken zu meinem Nachbarn. Luz pfiff anerkennend durch die Zähne. »Sieh mal an. Die kleine Charly. So gefällst du mir schon viel besser.« Er begann leise eine Melodie zu summen und trommelte dabei im Takt mit den Fingern auf seine Armlehne.

Es dauerte auch nicht lange, bis der Mitfahrer seinen Gesichtsausdruck veränderte. Gespannt beobachtete ich, wie sich seine Stirn nachdenklich zusammenzog und er sich aufrichtete. Er lauschte noch einen Moment lang Lieblings Worten, bis er sie schließlich abrupt unterbrach.

»Jetzt ist aber genug!«, rief er laut in sein Handy hinein. Wütend stand er auf und ballte seine freie Hand zu einer Faust. »Es ist mir egal, was du darüber denkst! Außerdem, was ich dir schon immer mal sagen wollte …« Er schimpfte und zeterte so wütend, dass ich eingeschüchtert in meinen Sitz rutschte. Nach einer zehnminütigen Hasstirade riss er sich die Krawatte vom Hals und rief triumphierend: »Ich lasse mich scheiden!« Dann klemmte er sich seinen Koffer unter den Arm und verschwand aus dem Abteil.

Mit offenem Mund starrte ich ihm hinterher. So war das doch auch wieder nicht gemeint. »Jetzt bin ich schuld, dass er seine Frau verlässt«, jammerte ich leise und bekam ein furchtbar schlechtes Gewissen.

Ich wollte doch nur, dass er aufhörte, zu telefonieren.

Luz zuckte unbekümmert mit den Achseln und Balti

klopfte mir lachend auf die Schulter, bevor er sich wieder seinem Hotdog zuwandte.

Verstimmt knirschte ich mit den Zähnen. Ich sollte wirklich die Finger von solchen Sachen lassen und bei der Braves-Mädchen-Nummer bleiben.

Auch das Liebespaar blieb nicht von Luz' Wirkung verschont. Sie saßen nun tatsächlich aufeinander und knutschten so heftig, dass ich befürchtete, sie würden sich gleich die Klamotten vom Leibe reißen. Genervt steckte ich mir Kopfhörer in die Ohren. Dank Robbie Williams Gesang war ich kurz darauf eingeschlafen.

Ein ärgerlicher Schrei riss mich aus meinen wirren Träumen. Verschlafen richtete ich mich auf. Vor unserer Abteiltür hatte sich eine Menschenschlange gebildet – die Fahrgäste diskutierten aufgebracht miteinander.

»Was ist denn los?«, nuschelte ich.

Luz und Balti blieben von der Aufregung unbeeindruckt.

»Anscheinend hat der Zugführer ein paar Mal vergessen anzuhalten und nun sind sie sauer«, erklärte Luz ungerührt.

»Was?« Entgeistert starrte ich ihn an.

»Sag ich doch. Bisher kein einziges Mal.«

Oh nein! Nicht schon wieder!

»Aber das ist doch nicht normal«, stotterte ich und betrachtete die schimpfenden Leute. »Das warst du!« Anklagend starrte ich Luz an.

Er ließ seufzend seine Zeitung sinken. »Hey, Charly. Entspann dich. Damit hab ich nichts zu tun. Der Zugführer ist halt zu blöd, um den Fahrplan zu lesen.« Er und Balti grinsten sich amüsiert an. Mir aber war gar nicht zum Lachen zumute.

Nervös schaute ich aus dem Fenster. Bildete ich mir das nur ein oder fuhr der Zug ungewöhnlich schnell?

»Doch, das warst du!«, rief ich. »Du hast gesummt und ich hab dich auch noch dazu angestiftet. Jetzt bin ich schuld, wenn der Zug entgleist.« Panisch krallte ich mich im Sitz fest.

Luz schüttelte beruhigend den Kopf und verdrehte die Augen. »Mein Gott, Charly, krieg dich ein. Ich hab damit nichts zu tun. Du weißt doch, dass ich auf dich aufpasse. Aber wenn es dich beruhigt, sehe ich mal nach.« Er erhob sich seufzend und öffnete die Abteiltür. »Vielleicht liegt der Zugführer ja erschossen in der Lok und wir werden von Terroristen entführt.« Er zwinkerte mir zu und verschwand auf dem Gang.

Ungeduldig wartete ich auf Luz' Rückkehr und

konnte mich auch nicht durch Baltis belangloses Gerede beruhigen lassen. Der Zug raste nun mit so wahnsinniger Geschwindigkeit durch die Landschaft, dass ich nicht mehr wagte, aus dem Fenster zu schauen. Mein Herz raste mindestens genau so schnell. Die Leute auf dem Gang schrien empört auf, als erneut ein Bahnhof an uns vorbeirauschte.

»Wehe, wenn das einer seiner Streiche ist!«, zischte ich zwischen zusammengebissenen Zähnen hervor.

»Ach was, Charly. Du siehst Gespenster.« Balti schien unbeeindruckt und holte eine weitere Futtertüte unter dem Sitz hervor.

Gespenster nicht! Dafür einen leibhaftigen Dämon, der seit Stunden nichts Besseres zu tun hatte, als sich ein Würstchen nach dem anderen in den Mund zu schieben. Endlich wurde der Zug langsamer. Ich traute mich erst aufzuatmen, als wir tatsächlich an dem nächsten Bahnhof hielten und hunderte schimpfende Menschen verärgert aus dem Zug stürmten. Erleichtert atmete ich auf.

Schließlich kehrte Luz zurück, jedoch war er nicht allein.

»Schaut mal, wen wir hier haben!«

Kein anderer als Gabriel wurde unsanft durch die Tür gestoßen. Balthasar verkrampfte augenblicklich.

Nervös leckte ich meine Lippen und betrachtete den schönen Engel. Gabriel sah in seinen zerschlissenen Klamotten und mit dem dunklen Haar immer noch aus wie ein Calvin-Klein-Model.

»Bedank dich bei ihm, Charly«, fauchte Luz aufgebracht.

»Ich komme mit euch nach Paris«, erklärte Gabriel und nickte mir freundlich zu. »Ich werde darauf achten, dass ihr nicht gegen die Regeln verstoßt.«

Luz und Balti grunzten gleichzeitig. Ich sagte gar nichts. Mein Mund war viel zu trocken zum Reden. Nervös rutschte ich auf meinem Sitz hin und her und beobachtete, wie Balti und Gabriel sich gegenseitig mit ihren Blicken aufspießten.

»Die Regeln sagen auch, dass du dich nicht einmischen darfst«, giftete Luz.

Gabriel nickte. »Und daran werde ich mich halten, wenn ihr sie nicht zwingt. Sie muss die Sünde aus freiem Willen begehen.«

Die drei Männer warfen sich noch einmal vernichtende Blicke zu, doch bevor Gabriel noch etwas sagen konnte, stieß Luzifer ihn grob aus unserem Abteil.

Wenn wir doch nur endlich in Paris wären!

Eine Weile saßen wir schweigend in unserem Abteil.

»Ich glaube nicht, dass er sein Wort hält«, knurrte Balthasar schließlich verstimmt.» Ich traue ihm nicht. Er hat irgendetwas vor, das spüre ich.«

»Das wird er nicht wagen«, widersprach Luzifer mit ernstem Gesicht. »Und wenn doch, wird er es bereuen.«

Allmählich entspannte ich mich wieder. Nun konnte Paris kommen. Ich freute mich wahnsinnig darauf, die Stadt der Liebe kennenzulernen. Mir kam der Gedanke, dass es auf dieser Welt noch so viele wundervolle Orte gab, in denen ich noch nie gewesen war. Um mir die Langeweile zu vertreiben, zog ich einen Block aus meiner Tasche und schrieb die Länder auf, zu denen ich reisen würde, wenn ich noch die Gelegenheit dazu bekam. Ich fing an mit Afrika, London, Indien und so weiter.

»Was machst du da?«, fragte Balti mich interessiert.

»Ich schreibe meine Lieblingsreiseziele auf«, erklärte ich und sofort wurde mir bewusst, wie lächerlich das klingen musste.

»Vergiss die Hölle nicht«, schnaufte Luz, ohne von seiner Zeitung aufzusehen.

»Stimmt.« Frustriert steckte ich den Block wieder in die Tasche.

»Erzählt mir etwas von der Hölle«, bat ich meine Begleiter. Wenn schon ein endgültiges Reiseziel vor mir lag, dann wollte ich zumindest alles darüber erfahren.

»Oh, die Hölle ist wunderschön«, schwärmte Balthasar. »Es sieht dort so ähnlich aus, wie auf der Erde. Es gibt nur kein Tageslicht, aber dafür beeindruckende Städte und jede Menge Feuer. Und natürlich leben dort die interessantesten Wesen der Welt.«

»Die Dämonen«, fügte ich hinzu. Balthasar nickte.

»Bist du der einzige Dämon, der auf der Erde herumläuft?«, fragte ich neugierig.

»Natürlich nicht«, erwiderte Balti. »Es gibt sogar welche, die dauerhaft unter den Menschen leben. Sie müssen sich natürlich an strenge Regeln halten. Wenn sie das nicht tun, werden sie hart bestraft.«

»Was sind das für Regeln?«

»Sie dürfen zum Beispiel keine Menschen zum Nachtisch verspeisen«, erklärte Luz ruhig.

»Und das ist gar nicht immer so einfach.« Balthasar warf mir einen vielsagenden Blick zu und biss in einen weiteren Hotdog. Auf einmal war ich sehr froh darüber, dass wir so viel Proviant für die Zugfahrt eingepackt hatten.

Um mich etwas abzulenken, verließ ich das Abteil und drehte eine Runde durch den Zug. Die Waggons waren mit so vielen Leuten vollgestopft, dass ein großer Teil von ihnen keinen Platz mehr bekommen hatte und nun in den Gängen auf den Koffern sitzen musste. Die Fahrgäste störte das aber anscheinend wenig. Sie lachten und sangen ausgelassen, als wäre der Zug eine etwas in die Länge gezogene Kneipe. Es stank nach Alkohol und fettigem Essen. Auch den Spießer aus unserem Abteil traf ich wieder. Er stand barfuß mit einer Flasche Wodka in der Hand im Speisewagen und grölte lautstark zu Kölner Faschingsmusik.

An einem der Tische saß Gabriel und las friedlich ein Buch. Er schien den Tumult um ihn herum überhaupt nicht zu bemerken. Einen Moment überlegte ich, ob ich lieber schnell zu meinem Abteil zurückkehren sollte, aber dann siegte meine Neugierde.

»Hey Gabriel«, begrüßte ich den Engel und setzt mich ihm gegenüber an den Tisch.

Gabriel blickte mich erstaunt und erfreut zugleich an. »Hey Charly.« Er klappte das Buch zu und musterte mich prüfend.

»Du bist also ein Engel?«, fragte ich ihn.

Gabriel nickte ernst. »Sogar ein Erzengel.«

»Was ist da der Unterschied?«

»Erzengel stehen in der Hierarchie höher als normale Engel«, erklärte er geduldig.

»Und was macht ein Erzengel dann auf der Erde?«,

fragte ich weiter, in der Hoffnung etwas von seinen Absichten zu erfahren. »Und warum hast du den Zug schneller werden lassen?«

Gabriel legte nachdenklich seine Stirn in Falten. »Eigentlich versuche ich die Welt zu retten«, erklärte er langsam.

»Da hast du aber verdammt viel zu tun«, meinte ich trocken.

Gabriel lachte heiser. »Da hast du recht. Das mit dem Zug war ein Versehen«, fügte er schuldbewusst hinzu. »Ich kann meine Wirkung auf die Menschen nicht immer kontrollieren.«

In diesem Punkt scheinen Engel und Dämonen sich ziemlich ähnlich zu sein, dachte ich zähneknirschend. »Wo sind deine Flügel«, fragte ich interessiert weiter.

»Ich kann sie verbergen«, Gabriels Augen blitzten amüsiert. »Wenn ich sie den Menschen zeige, dann führt das meistens zu etwas Irritationen. So ist es besser.«

Ich nickte zustimmend. Trotzdem hätte ich sie mir gerne einmal angesehen.

»Du könntest es dir immer noch überlegen«, meinte Gabriel sanft. »Du musst das nicht machen. Du könntest auch einfach dein Leben genießen. Ohne Sünden.«

Ich schüttelte langsam den Kopf. »Nein, das geht nicht«, erklärte ich. »Ich habe mich entschieden. Ich werde dies durchziehen. Ich will zu meinem Mann.«

»Was musst du für einen Preis zahlen, wenn du den Pakt brichst?«, fragte Gabriel neugierig.

Ich sah ihn verdutzt an. »Keinen. Das glaube ich zumindest. Darüber haben wir nicht gesprochen.«

»Keinen?« Der Engel runzelte verwirrt die Stirn. »Das ist untypisch für Luzifer. Für gewöhnlich fordert er etwas, wenn man gegen sein Abkommen verstößt.«

Ich bekam eine Gänsehaut. »Nun, ich habe aber nicht vor aufzugeben, ich werde diese Sünde begehen.«

»Wenn du es dir doch überlegen solltest, dann bin ich da, um dir zu helfen?« Er musterte mich erneut eingehend. »Du hast wirklich eine vollkommen reine Seele. Das ist schon selten.«

Ich erhob mich und wollte zum Abschied noch etwas Nettes sagen, aber Gabriel packte mich grob am Handgelenk und hielt mich fest.

»Du solltest dich von ihm fernhalten! Du darfst ihm nicht vertrauen!«, sagte er forsch und sah mir eindringlich in die Augen.

»Lass mich los«, zischte ich verärgert und versuchte mich zu befreien, aber Gabriel lockerte seinen Griff nicht.

»Weißt du nicht, was Luzifer alles getan hat?«, stieß er grimmig hervor. »Seit Jahrtausenden schon schadet er der Menschheit mit seinem Hochmut, seiner Arroganz. Er war es, der Eva mit dem Apfel verführte und dafür sorgte, dass die Menschen aus dem Paradies verstoßen wurden. Er hat versucht Jesus in der Wüste zu verführen und er war es, der den Aufstand gegen Gott angezettelt hat. Seinetwegen starben hunderte Engel und ebenso viele wurden in die Hölle verbannt.«

»In seiner Version bist du daran schuld«, erwiderte ich trotzig. »Und mir ist bewusst, dass er keinen Heiligenschein hat.«

Gabriel schnaufte böse. »Ich habe damals nur das Schlimmste verhindert. Lass von ihm ab, geh nach Hause und genieße dieses wundervolle Leben, das dir geschenkt wurde.«

Ich schüttelte stumm den Kopf.

»Aber deine Seele, Charly. Denk doch an deine Seele!« Gabriel sah mich flehend an.

Ich zerrte noch einmal kräftig an meinem Arm und endlich ließ der Engel mich los.

»Meine Seele gehört mir und ich bestimme, was mit

ihr geschieht!«, erwiderte ich. »Und du hast nicht das Recht, dich einzumischen, also halte dich von uns fern!« Mit einem Ruck drehte ich mich um und verließ eilig den Speisewagen. Ich wagte nicht, mich noch einmal umzudrehen. Ich hoffte inständig, dass Gabriel meiner Bitte nachkam.

Zurück in unserem Abteil und ließ ich mich in den Sitz fallen.

»Na, hast du Spaß gehabt?«, fragte Luz mich spöttisch.

Ich ignorierte ihn und schloss die Augen. Verstohlen rieb ich mein schmerzendes Handgelenk. Ich beschloss, Luzifer nichts von meinem Gespräch zu erzählen. Es war für uns alle das Beste, wenn ich diese Sünde schnell hinter mich bringen würde, ohne weitere Zwischenfälle. Nach wenigen Sekunden war ich durch das sanfte Schunkeln und das gleichmäßige Rattern des Zuges eingeschlafen.

Endlich erreichten wir Paris.

Mit einem lebensmüden Taxifahrer rasten wir wenig später laut hupend durch den engen Verkehr und hielten schließlich vor einem sehr vornehmen Hotel. Leider hatte ich kaum Zeit, die überteuerte Einrichtung meines Luxusappartements zu bewundern. Luz und Balti zerrten mich schon kurz darauf durch die Straßen von Paris. Also trottete ich mürrisch am Montmartre vorbei und hatte nicht einmal die Zeit, mir die vielen schönen Bilder der Straßenkünstler dort anzusehen.

»Jetzt zieh nicht so ein Gesicht, Charly. Morgen schauen wir uns die Stadt an, aber heute haben wir zu tun.« Balti klopfte mir aufmunternd auf die Schulter.

»Also schön.« Luz blieb vor der Sacré-Cœur stehen und holte eine Münze aus seiner Anzugtasche. »Was willst du, Charly, Gift oder Bomben?«

Ich hob hilflos meine Schultern und verzog das Gesicht. »Keine Ahnung«, seufzte ich matt.

Luz warf die Münze in die Luft. »Kopf für Gift und Zahl für Bombe?« Erwartungsvoll sah er mich an. Auch Balti klatschte begeistert in die Hände.

Ich nickte träge.

Luz klatschte die Münze auf den Handrücken.

»Kopf!«, rief er triumphierend.

»Wir machen aus dir eine richtige Giftmischerin, Charly.« Balti klopfte mir hocherfreut auf die Schulter.

Charlotte Sommer – die Giftmischerin von Paris. Wie wunderbar!

Zielstrebig steuerten wir die nächste Apotheke an.

Luz kramte einen Zettel aus der Tasche und kritzelte eilig ein paar Worte darauf.

»Pass auf, Charly.« Er reichte mir den Zettel. »Du gehst jetzt in die Apotheke und kaufst diese Sachen da. Du brauchst nur ablesen. Davon mischen wir dann ein todsicheres Gift.«

Kritisch musterte ich den Zettel. »Aber das ist ja auf Französisch!« Entgeistert ließ ich den Zettel wieder sinken.

Luz verdrehte die Augen. »Na und?«

»Ach, das kriegst du schon hin, Charly.« Balti stupste mir freundschaftlich in die Rippen.

»Und die geben mir das einfach so?« Zweifelnd versuchte ich die französischen Worte auszusprechen – es klang grauenvoll. Französisch hatte ich bereits nach der zehnten Klasse abgewählt.

»Vertrau mir einfach, Charly.« Luz schob mich energisch ein Stück in Richtung des Einganges.

»Warum geht ihr nicht da rein und kauft das Gift?«, wollte ich wissen.

»Ist das jetzt deine Sünde oder unsere?« Luz schüttelte tadelnd den Kopf. »Ein bisschen anstrengen musst du dich schon.«

Resigniert drehte ich mich um und ging auf den Eingang der Apotheke zu. Nervös leckte ich mir über die Lippen. Ich spürte, wie mein Gesicht abwechselnd dunkelrot und kreidebleich anlief. Mein Puls raste und meine Hände zitterten. Ich schlich langsam auf die Apotheke zu. »Jetzt ja nicht noch einmal schlapp machen, Charly«, raunte ich mir zu.

Schließlich stand ich mit hämmernden Herzschlägen mitten in der Apotheke. Sofort sprach mich eine ältere Dame munter auf Französisch an.

»Salut«, war das einzige, was ich hervorbrachte.

Die Dame starrte mich erwartungsvoll an.

»Ähm, salut«, sagte ich noch einmal. Meine schwitzigen Hände verkrampften sich, sodass der Zettel zu einem unförmigen Klumpen zusammengeknüllt wurde.

Die Apothekerin schien ein wenig abgelenkt. Sie schaute fragend aus dem Fenster. Ich folgte ihrem Blick. Draußen standen Luz und Balti in ihren Designeranzügen und ließen sich die Sonne ins Gesicht strahlen.

»Ah, Mademoiselle!« Das Gesicht der Dame hellte sich erfreut auf und sie tätschelte mir verständnisvoll die Schulter.

Wenig später verließ ich zähneknirschend die Apotheke.

»Und, hat's geklappt?« Luz sah mich erwartungsvoll an.

»Und wie!«, zischte ich und knallte ihm eine Packung Kondome mit Himbeergeschmack vor die Füße.

Luz und Balti betrachteten schweigend die Packung.

»Mensch, Charly.« Luz pfiff belustigt durch die Zähne.

»Und damit willst du jemanden umbringen?«, gluckste Balti. »Na, ja. So was soll ja vorkommen …«

»Haltet die Klappe«, unterbrach ich die Höllenbewohner. »Da gehe ich auf keinen Fall noch einmal rein!«

Ich hätte es besser wissen müssen. Also stand ich ein zweites Mal in der Apotheke und wurde diesmal von drei Mitarbeiterinnen angestarrt. Die Blicke waren eine Mischung aus Neugier, Mitleid, Amüsement und Verständnislosigkeit. Die Pharmazeutinnen schnatterten wild durcheinander und gerade wollte mir eine von ihnen eine Großpackung Präservative überreichen, da erwachte ich endlich aus meiner Versteinerung.

Ich faltete schnell den zerknüllten Zettel auseinander und hielt ihn den Damen vor die Nase.

Einige Zeit später saßen wir in Luz' Luxusappartement und mischten unzählige verschiedene Tabletten und seltsame Kräuter zusammen.

»Und du meinst, das bringt jemanden um?« Zweifelnd betrachtete ich die zerstampfte Tablette und streute das Pulver in ein Schnapsglas.

»Charly, ich sage dir, dieser Cocktail ist todsicher.« Luz pfiff fröhlich vor sich hin. Na, wenigstens einer, der gute Laune hatte!

»Wen wollen wir damit eigentlich umbringen?«, fragte ich.

»Du, Charly! Du willst jemanden umbringen.« Luz grunzte böse. »Wir suchen uns nachher einen Scheintoten von der Bar und du kippst ihm das in sein Glas. Er kriegt einen Herzinfarkt und keiner denkt daran, dass du es warst. Leichte Sache also!«

Die anderen Versuche waren ja auch ganz leicht gewesen, dachte ich zähneknirschend.

»Schau mal, Charly, was wir für dich haben.« Balti zog eine Einkaufstüte aus dem Kleiderschrank und wedelte damit vor meiner Nase.

»Lass mich raten, es ist rot«, zischte ich verstimmt.

»Taaataaa!« Balti zog schwungvoll ein viel zu knappes dunkelrotes Cocktailkleid heraus. »Du wirst damit umwerfend aussehen, liebe Charly«, säuselte er und strich behutsam über den teuren Stoff.

»Du brauchst nicht immer daran zu ziehen, Charly. Davon wird es auch nicht länger.« Verärgert streckte ich ihm die Zunge heraus. Natürlich hatte ich gegen die beiden keine Chance und so steckte ich nach endlosen Diskussionen in dem megakurzen Kleid und wackelte auf Stöckelschuhen durch das vornehme, italienische Restaurant.

Luz futterte sich wie immer durch die Dessertkarte hindurch, während Balti einen Grillteller ohne Beilagen verschlang. Lustlos stocherte ich in meinem überdimensionalen Salat und beobachtete dabei die anderen Gäste im Restaurant. Einen potenziellen Scheintoten mit Beinaheherzinfarkt hatte ich noch nicht entdeckt.

»Nun sei doch nicht so verkrampft.« Balti lächelte mir beruhigend zu und tätschelte meine Hand. »Vielleicht solltest du dich vorher noch ein bisschen amüsieren, hm?«

Und so saß ich eine gute Stunde später in dem hoteleigenen Casino und versuchte, nicht blöd mit offenem Mund durch den Raum zu glotzen. Staunend betrachtete ich die funkelnden Kronleuchter, edle Spieltische und furchtbar wichtig dreinschauende vornehme Leute.

»Charly, du bist an der Reihe.« Ich bekam einen unsanften Rippenstoß von Luz.

»Ähm, was soll ich machen?« Wir saßen an einem

Roulettetisch und die weiteren Mitspieler sahen mich ungeduldig an. Nervös trommelte ich mit den Fingern auf dem Tisch, was mir einen bitterbösen Blick von der dicken Dame gegenüber einbrachte. Woher zum Teufel sollte ich wissen, wie man Roulette spielt?

Der Teufel wusste es natürlich. »Pass auf, du suchst dir einfach eine Zahl oder eine Farbe aus und setzt deine Jetons auf das Feld, okay?«

Ich nickte und sah mir das Spielfeld genauer an. Mir tat das schöne Geld jetzt schon leid. Unseren Mitspielern schien mein Zögern gar nicht zu gefallen. Sie durchbohrten mich mit feindseligen Blicken. Ich nahm einen großen Schluck Rotwein und betrachtete mit zusammengekniffenen Augen die Zahlen. Sie verschwammen schon leicht – ich vertrug halt einfach keinen Alkohol.

»Es ist egal, worauf du setzt, Charly«, raunte Luz mir zu. »Du wirst sowieso gewinnen.« Er warf der gut aussehenden Croupière ein umwerfendes Lächeln zu, was diese mit einem verführerischen Lippenablecken erwiderte.

Kopfschüttelnd nahm ich meine Jetons und setzte sie auf die rote Sieben.

»Fantastisch! Rot ist meine Glücksfarbe.« Luz kicherte leise.

Die kleine Kugel sauste an den vielen Zahlen vorbei, immer wieder im Kreis. Mir wurde vom Zusehen langsam schwindelig. Angespannt ballte ich meine Hände zu Fäusten und lehnte mich weit über den Tisch, um besser sehen zu können. Dass sich mein Busen dabei ein gutes Stück aus dem tiefen Ausschnitt quetschte, war mir egal. Allmählich verlangsamte sich das Rad und die Kugel blieb auf der roten Sieben liegen.

Wie in Trance sah ich zu, wie die vielen Jetons in meine Richtung geschoben wurden. Plötzlich hatte ich sehr, sehr viele davon.

»Ich hab doch gesagt, du gewinnst.« Luz puffte mir freundschaftlich in die Rippen und Balti verpasste mir einen dicken Schmatzer auf die Wange.

»Gewonnen!«, schrie ich nun laut durch das Casino und hüpfte ein paar Mal freudestrahlend auf und ab.

»Entspann dich, Charly.« Luz winkte einem Kellner zu und ließ mein Weinglas auffüllen.

Ich leerte es mit einem Zug.

»Zigarre?« Ein weiterer Kellner stand neben mir und hielt mir einen Kasten dicker Zigarren vor die Nase.

Auf einmal schien ich der Mittelpunkt des gesamten Casinos zu sein. Möglichst lässig griff ich hinein und fischte einen Stumpen heraus. Ich hatte noch nie in meinem Leben geraucht – also war der Hustenanfall völlig gerechtfertigt!

Luz klopfte mir sanft auf den Rücken, während ein neues Spiel gestartet wurde. Ich wollte mich gerade erheben, aber Luz hielt mich fest.

»Was denn? Schon fertig gespielt, Charly?« Alle Augenpaare starrten mich erwartungsvoll an, also setzte ich mich zögernd und legte meine Jetons auf die rote Dreizehn.

»Wehe, die sind jetzt gleich alle wieder weg«, maulte ich, aber Luz und Balti lächelten nur verschwörerisch.

Natürlich gewann ich auch diese Runde. Und die nächste und die übernächste und so weiter. Je mehr Jetons ich bekam, umso betrunkener wurde ich auch.

»Ich bin reich«, nuschelte ich irgendwann fassungslos.

Reich! Es dauerte eine Weile, bis ich das begriff.

Charlotte Sommer war reich! Sogar sehr reich!

»Äh, was meinst du, wie viel Geld das ist?«, flüsterte ich Balti zu.

Der Dämon warf den Kopf in den Nacken und lachte laut. »Sehr, sehr viel Geld, Charly!«, raunte er belustigt zurück.

Ich setzte mich gerade hin und versuchte mein albernes Grinsen zu unterdrücken – leider gelang es mir nur ansatzweise.

Auch die nächste Runde ging auf mein Konto und mithilfe eines weiteren Glases Rotwein ertrug ich sogar die hasserfüllten Blicke der Mitspieler.

»Meins, alles meins!«, nuschelte ich und grapschte die Jetons vom Tisch.

»Ich glaube, es ist Zeit, zu gehen«, flüsterte Luz bestimmt und half mir, das viele bunte Plastikgeld einzusammeln.

Ich erhob mich und musste mich sofort an der Tischkante festkrallen, um nicht umzukippen. Verdammter Wein!

»Rot ist halt meine Glücksfarbe«, kicherte ich albern. »Was mache ich bloß mit dem ganzen Geld?«

Luz und Balti führten mich behutsam aus der Spielhalle. Meine Zunge fühlte sich ungewohnt schwer an. »Ich könnte mir eine Villa am Strand kaufen, so mit Swimmingpool. Oder ich fliege in die Karibik. Da wollte ich schon immer mal …«

»Da wirst du wohl kaum noch Zeit zu haben.« Luz unterbrach mich forsch. »Vergiss nicht, du bist bald in der Hölle.«

Ach ja. Na, auch egal! »Dann spende ich alles an die Kindernothilfe!«, rief ich übermütig. Charlotte

Sommer ging als Wohltäterin in die Geschichte ein. Wunderbar! Stolz warf ich einem der Zocker am einarmigen Banditen ein paar Geldscheine zu.

Luz verdrehte die Augen und rüttelte an meiner Schulter. »Keine guten Taten mehr, Charly! Sonst klappt das nie mit der Hölle.«

»Und was machen wir dann damit?« Bekümmert betrachtete ich die das Geldbündel in meiner Hand.

»Wir geben es aus.«, erwiderte Luz.

Kurz darauf tanzte ich in der Bar des Hotels mit einer Flasche Wein in der Hand auf dem Tisch. Nie im Leben hatte ich so etwas gemacht! Aber ich war ja auch noch niemals so betrunken gewesen wie heute!

Die Lautsprecher krächzten so laut sie konnten »Lolita« in den Raum und ich trällerte aus voller Kehle mit. Nachdem ich mehrere Runden spendiert hatte und mein Cocktailkleid völlig verrutscht war, zogen Balti und Luz mich schließlich in mein Hotelzimmer.

»Aber ich will doch tanzen!«, lallte ich und versuchte mich aus Baltis Umarmung zu befreien.

Der Dämon kicherte. »Mensch, Charly, du siehst richtig sexy aus, wenn du tanzt!« Anerkennend pfiff er durch die Zähne.

Im Hotelzimmer goss Luz mir starken Kaffee in eine große Tasse. Er schmeckte fürchterlich.

Angewidert verzog ich den Mund, aber Luz schüttelte streng den Kopf.

»Du trinkst das jetzt, Charly! Du musst schließlich wieder nüchtern werden, wir haben noch etwas vor.«

Eine Stunde später verließ ich tatsächlich halbwegs nüchtern das Zimmer.

»Also, du weißt, was du zu tun hast?«, fragte Luz nun zum hundertsten Mal.

»Ja doch!«

Immer wieder hatten wir den Plan durchgekaut. Eigentlich war alles ganz easy – meinte zumindest Luz. Die beiden würden mir einen Beinahetoten an der Bar auswählen. Ich müsste nur einen günstigen Moment abwarten, um das giftige Pulver, das wir sorgfältig in meinem Amulett verstaut hatten, in das Glas zu geben. Kurz danach sollte der Beinahetote tatsächlich tot sein und alles würde gut sein.

Entschlossen hob ich mein Kinn und stapfte festen Schrittes durch das Hotel.

Wir erreichten eine vornehme Bar auf der anderen Seite der Straße und ließen uns unauffällig an einem der hinteren Ecktische nieder. Mein Kopf hämmerte vom Rotwein so stark, dass ich befürchtete, er würde innerhalb der nächsten Sekunden explodieren. Luz und Balti dagegen erschienen mir unglaublich trinkfest. Sie bestellten sich gerade eine Flasche des teuersten Bordaux.

»Na, wie wäre es mit dem?« Balti deutete unauffällig auf einen sehr alten Mann an der Theke. Die Hand des Greises zitterte stark und er wischte sich andauernd den Schweiß von der Stirn.

»Der ist eh bald hinüber.« Luz rieb sich erfreut die Hände. »Perfekt!«

»Welchen von den beiden meinst du?« Der Raum drehte sich. Angestrengt kniff ich die Augen zusammen, um besser sehen zu können. Ich war wohl doch noch nicht so nüchtern wie ich gehofft hatte. Ich wurde nicht beachtet.

Stattdessen gab Luz mir einen freundschaftlichen Stoß in die Rippen. »Na los, Charly. Jetzt oder nie.«

Er hatte ja recht. Tommy, ich komme! Mühsam erhob ich mich und ging wankend auf die Theke zu. Immer einen Schritt vor den anderen setzen. Jetzt nur nicht umfallen, ermahnte ich mich. Der Weg zu meinem Opfer erschien mir unendlich lang. Am Tresen angekommen, konnte ich mich gerade noch festhalten, als ich mit meinem Schuh abknickte und der Absatz abbrach. Beinahe hätte ich mich am Hals des alten Mannes festgehalten.

»Einen wunderschönen guten Abend, junge Frau.«
Der ältere Herr betrachtete mich mit lüsternem
Blick von oben bis unten.

Seine Augen glänzten gierig. »Wollen Sie etwas
trinken?«

»Ähm, hm, ja, gerne«, stotterte ich und erkletterte
unbeholfen den Barhocker.

Zähneknirschend betrachtete ich mein Opfer etwas
genauer. Der Weißhaarige atmete schwer. Krampfhaft umklammerte ich mit der linken Hand mein
Amulett und nahm mit der rechten das Cocktailglas
entgegen.

Mein Opfer plauderte kichernd drauf los und rutschte etwas näher. Nervös spielte ich mit dem Amulett.
Ich musste irgendwie sein Glas bekommen, bevor er
noch einen natürlichen Herzinfarkt bekam. Verwundert bemerkte ich, dass ich bei diesem Opfer sehr
viel weniger Mitleid hatte als bei den anderen.

Ich lächelte mein Gegenüber gezwungen an. Plötzlich kam mir eine Idee. Ich nahm einen tiefen
Schluck von dem Cocktail und verzog mein Gesicht
zu einer Grimasse.

»Der Orangensaft ist schlecht!«, rief ich empört und
nahm dem Alten schwungvoll das Glas aus der
Hand. Ich hatte keinen blassen Schimmer, ob in dem
Cocktail überhaupt Orangensaft drin war, aber es

funktionierte. Der Barkeeper nahm mir sofort die Gläser ab und mixte uns zwei neue Cocktails.

»Wirklich?« Der Alte blinzelte irritiert. »Ich habe gar nichts geschmeckt.« Aber dann zuckte er mit den Schultern und kam noch ein Stück näher – er hing mit seinem Gesicht geradezu über meinem Ausschnitt.

»Ich probiere lieber vorher.« Hastig nahm ich die beiden Cocktails entgegen.

Der weißhaarige Mann hatte nichts dagegen. Er war viel zu sehr damit beschäftigt, dämlich grinsend meinen Busen anzustarren. Ich schlürfte einen kleinen Schluck aus seinem Glas und öffnete mit zitternder Hand unauffällig das Medaillon. Das Gift rieselte in den bunten Cocktail. Er hatte nichts gemerkt. Ich hielt den Atem an und reichte dem Mann das Glas, der mittlerweile seine verschwitzte Hand auf meinen Oberschenkel gelegt hatte. Der Mann nahm den Strohhalm in den Mund und nippte daran.

»Stimmt.« Kichernd tätschelte er mein Bein. »Schmeckt jetzt viel besser«, sagte er und sog erneut an dem Cocktail.

Mit einem Mal war der Spuk vorbei. Mein Mut war wie weggeblasen. Mir wurde bewusst, was ich getan hatte.

»Neeeiiin!!!«, kreischte ich hysterisch und wollte

ihm das Glas entreißen. Der Alte hielt es jedoch eisern fest und starrte mich entgeistert an.

»Nicht trinken! Sie dürfen das nicht trinken!«, rief ich und zerrte panisch an seinem Arm, aber der Mann kämpfte darum, als ginge es um sein Leben.

»Aber der ist doch in Ordnung! Sie sind ja verrückt!« Mit einem Ruck befreite er sich von mir und wich ein Stück zurück.

Damit verlor ich endgültig das Gleichgewicht. Ich ruderte verzweifelt mit den Armen und fiel schließlich unsanft auf den Boden. Autsch! Benommen saß ich dort unten und starrte mit offenem Mund zu dem alten Mann auf. Der schaute kopfschüttelnd auf mich herunter. Und nicht nur er, sondern mittlerweile auch alle anderen Gäste der Bar.

»Geben Sie der jungen Dame bloß nichts mehr zu trinken.« Er leerte das Glas in einem Zug, legte einen Geldschein auf den Tresen und verließ den Raum.

Wie betäubt sah ich ihm nach. Dicke Tränen kullerten über mein Gesicht, bis ich meine Umgebung nur noch verschwommen wahrnahm. Ein Arm legte sich schließlich um meine Taille und zog mich sanft nach oben.

Ich hatte es getan. Ich, Charlotte Sommer, hatte einen armen alten Mann umgebracht.

»Ganz ruhig, Charly, es ist alles gut«, sagte eine unheimlich schöne, weiche Stimme.

Ich schnappte verzweifelt nach Luft und lehnte mich an eine warme männliche Brust.

»Ich hab ihn umgebracht«, schluchzte ich verzweifelt. Eine eisige Hand schloss sich fest um mein Herz. Ich war eine Mörderin. Aber dieses Mal hatte ich nicht versagt. Tommy!

»Alles in Ordnung, Charly. Es war kein Gift. Es war nur Zucker.«

Mit einem Ruck drehte ich mich um und wäre beinahe wieder vom Hocker gerutscht.

»Gabriel!« Ich sah direkt in das lächelnde Gesicht mit den himmelblauen Augen.

»Ich hab das Gift ausgetauscht, Charly«, flüsterte der Engel zärtlich. »Weißt du nicht, dass ich immer noch versuche deine Seele zu retten?«

»Du hast was getan?«, fragte ich wie betäubt.

»Na, das Gift ausgetauscht gegen Zucker! Also, wenn er Glück hat, lebt der alte Knabe noch ein Weilchen.«

Mein Unterkiefer klappte hinunter. »Gabriel …«, stammelte ich verwirrt. Mit einem Mal war ich stocknüchtern. Wut keimte in mir auf.

»Du verdammter, mieser Mistkerl!« Ich sprang mit einem Ruck hoch und hämmerte mit meinen Fäusten gegen Gabriels Brust. Natürlich war mir klar, dass das dem Engel nichts ausmachte, aber es tat trotzdem gut.

»Du verdammter Idiot!«, schrie ich ihn an. »Du hast alles ruiniert!«

Gabriel sah mich verdutzt an und ging einen Schritt zurück. Mein Traum von Tommy hatte sich wieder einmal in Luft aufgelöst. Wie zum Teufel kam ich jetzt in die Hölle? Wie oft hatte ich es schon verpatzt?

Jemand legte erneut beruhigend den Arm um meine Taille – aber ich schlug ihn wütend fort.

»Lass mich gefälligst los!«, kreischte ich verärgert, aber der Griff wurde nur noch fester.

»Ist ja gut, Charly!«, zischte Luz in mein Ohr.

Ich hustete vor lauter Schwefel – anscheinend war auch er ziemlich sauer.

»Du machst es nur noch schlimmer! Komm, lass uns gehen!« Mit einem groben Ruck stellte er mich auf die Füße und zerrte mich aus der Hotelbar. Aus den Augenwinkeln konnte ich noch erkennen, wie Balthasar bedrohlich auf Gabriel zuging.

»Ich habe es schon wieder vermasselt!«, schniefte ich unter dicken Tränen. Der Alkohol war wieder da – mein Gleichgewichtssinn verschwunden – also schleifte Luz mich durch den Flur.

»Dieser miese kleine Schuft!«, zischte der Teufel zwischen den Zähnen hervor. »Wenn ich den erwische!«

Luz schloss die Tür zu meinem Hotelzimmer auf. »Du gehst jetzt schlafen, Charly!«

Ich widersprach nicht, als Luz mir geschickt das Kleid über den Kopf zog und mich in mein Nachthemd steckte. Wie gelähmt beobachtete ich, wie das Bild von Tommy vor meinem inneren Auge verblasste. Ein sehr winziger Teil von mir war jedoch unendlich froh darüber, es nicht geschafft zu haben. Aber diesen Teil verdrängte ich rasch wieder.

»Schlaf jetzt, Charly. Wir sehen uns morgen!« Luz knallte verärgert die Tür hinter sich zu. Traurig kroch ich unter meine Bettdecke.

»Wenn du wüsstest, was ich deinetwegen alles durchmache, Tommy«, motzte ich in mein Kopfkissen. Das Zimmer drehte sich um mein Bett herum, aber trotzdem schlief ich im nächsten Moment ein.

Tag 5

Es war bereits der dritte Versuch, aus dem Bett hinauszukommen, aber es gelang mir einfach nicht. Das Zimmer spielte Karussell mit mir und mein Mund fühlte sich an, als hätte ich eine Handvoll Daunen verschluckt. Verdammter Alkohol! Gerade überlegte ich, mich einfach umzudrehen und weiterzuschlafen, da stürmten Luz und Balti herein.

»Guten Morgen, Charly!«, riefen sie im Chor und bevor ich sie mit meinem Kissen bewerfen konnte, fingen sie auch schon an zu singen: »Happy Birthday to you …«

Oh nein! Nicht auch das noch! Das hatte ich ja ganz vergessen – mein Geburtstag!

»… Happy Birthday, liebe Charly, happy Birthday to you!« Die beiden Höllenbewohner beendeten das Ständchen und präsentierten mir stolz eine überdimensionale Schokoladengeburtstagtorte. Trotz meines trockenen Mundes und der hämmernden Stiche in meinem Schädel musste ich lächeln. Mühsam richtete ich mich auf und pustete die Kerzen aus.

»Mach dich kurz frisch, wir warten unten auf dich, Schätzchen!« Balti gab mir einen dicken Schmatzer auf die Stirn und verschwand dann hinter Luz aus dem Zimmer.

Mein Geburtstag! Wie alt wurde ich noch gleich? 32. Verstimmt verzog ich den Mund.

Irgendwann schaffte ich es auch endlich, mich aus dem Bett zu stemmen, nur um kurze Zeit später würgend über der Toilettenschüssel zu hängen.

Nach zehn Minuten unter der eiskalten Dusche und endlosen Versuchen, die Draculaschminke vom Vorabend aus dem Gesicht zu verbannen, ließ ich mich schließlich seufzend an dem Frühstückstisch des Hotels nieder.

»Schau mal, Schätzchen, wir haben dir extra ein Stück übrig gelassen!«, säuselte Balti mit einem Wink auf den Rest meiner Torte.

Ich verdrehte die Augen und ignorierte die Torte. Mein Magen rebellierte noch immer.

»Gibt es hier kein Müsli?« Enttäuscht sah ich mich um – der Tisch war vollgepackt mit Croissants und anderem französischen Schnickschnack, aber von Müsli keine Spur. Lustlos biss ich in ein Schokoladencroissant und spülte ihn mit Milchkaffee hinunter. Ich warf einen vorsichtigen Blick auf Luz. Der

Teufel hatte es sich hinter einem Berg Nutella, heißer Schokolade und einer Zeitung bequem gemacht.

»Wir haben auch schon ein paar wundervolle Ideen für deinen Geburtstag, liebe Charly!«, riss Balti mich aus meinen Gedanken.

Der Schokocroissant blieb in meinem Hals stecken.

Wundervolle Ideen?

»Lass mich raten: Bomben?«, erwiderte ich mit vollem Mund.

Luz und Balti grinsten mich an.

»Erst mal machen wir was Schönes!« , erklärte Luz geheimnisvoll.

Oh nein! Nicht schon wieder! Plötzlich hatte ich riesengroßen Appetit auf Schokoladentorte.

Mein Geburtstag wurde doch nicht ganz so schlimm, wie ich befürchtet hatte. Wir erkundeten zunächst gut gelaunt sämtliche Touristenattraktionen von Paris und futterten uns durch die vielen Cafés. Zum Glück musste ich nicht hoch auf den Eiffelturm! Ich protestierte diesmal auch nicht, als ich am Abend wieder einmal ein dunkelrotes Abendkleid verpasst bekam.

»Habe ich ausgesucht!«, erklärte Balti stolz. »Ach, du siehst einfach hinreißend aus!«

Er hatte sich die Mühe gemacht und mein Haar in ein Kunstwerk verwandelt.

»Wohin gehen wir eigentlich?«, fragte ich, als wir die Eingangshalle des Hotels durchquerten. Bisher war ich noch kein einziges Mal gestolpert – trotz der hohen Absätze. Tapfer ignorierte ich die vielen neugierigen Blicke der Hotelgäste.

»Überraschung, Charly!« Luz zwinkerte mir verschmitzt zu.

Vor dem Hotel wartete eine lange schwarze Limousine auf uns. Der Chauffeur öffnete die hintere Wagentür und ließ uns einen ersten Blick auf die edle Innenausstattung erhaschen.

»Wow!«, entfuhr es mir nur und Luz deutete mir, einzusteigen.

In der Luxuskarosse genehmigten wir uns Champagner aus der Minibar und ließen uns während der Fahrt von Paris bei Nacht verzaubern. Die Limousine brachte uns genau vor die Pariser Oper.

»Wir gehen ins Theater?«

Da Luz und Balti nichts verrieten, ließ ich die Fragerei bleiben und versuchte den Abend einfach zu genießen. Falls ich es wirklich schaffen sollte, jemanden umzubringen, würde dies schließlich mein letzter Geburtstag auf Erden sein. Der Gedanke stimmte mich fröhlich und traurig zugleich.

So schlürften wir ein Glas Champagner nach dem anderen und erstaunlicherweise machte mir der Alkohol überhaupt nichts mehr aus. Alles nur eine Frage der Gewohnheit!, dachte ich, als wir zum dritten Mal anstießen.

Schließlich nahmen wir in einer der Logen Platz. Gespannt betrachtete ich die anderen Gäste durch das kleine Fernglas. Das war mein erster Opernbesuch. Warum überhaupt? Eigentlich mochte ich klassische Musik immer sehr gerne – nur Tommy nicht. Ach ja, Tommy! Seufzend fragte ich mich, welche Gemeinheiten Balti und Luz sich wohl heute ausgedacht hatten. Es wurde dunkel, der Vorhang öffnete sich und die ersten Instrumente des Orchesters ertönten.

»Wart' es ab, Charly«, zischte Luz in mein Ohr.

Merkwürdigerweise begann er mit seinen eisigen Klauen meinen Nacken zu massieren, und ich fragte mich, wer zum Teufel sich dabei wohl entspannen sollte.

»Ich habe übrigens noch eine weitere Geburtstagsüberraschung für dich«, flüsterte Luz und schnalzte amüsiert mit der Zunge.

Gott, wie mich dieses Geräusch mittlerweile nervte! Gerade wollte ich protestieren – ich hatte ja genug Erfahrung mit diesen dämlichen Überraschungen –

aber da summte Luz schon ganz leise eine Melodie in mein Ohr. Eine einfache einprägsame Melodie, die sofort ihre Wirkung entfachte: Sie hypnotisierte mich. Auf einmal wurde ich ganz leicht, ich hörte auf zu denken und hatte das Gefühl, über all den anderen Leuten zu schweben.

Auch unter den weiteren Gästen tat sich etwas. Einer nach dem anderen stand auf und sah sich leise murmelnd um – ganz so, als würde jeder von ihnen etwas suchen. Das Licht durchflutete wieder den Raum und die Instrumente verstummten. Auf der Bühne hatten sich die Sänger versammelt und starrten unruhig umher. Auch sie schienen etwas oder jemanden zu suchen.

»Happy Birthday, Charly!«, raunte Luz in mein Ohr. Mit Schrecken stellte ich fest, dass alle Blicke auf mich gerichtet waren. Alle starrten mich an: Die Gäste, die Sänger und die Instrumentalisten. Mich durchfuhr ein eiskalter Schauer. Soweit wie möglich drückte ich mich in den gepolsterten Sessel und versuchte irgendwie ruhig zu bleiben.

Luz fing erneut an zu summen. Diesmal war es eine lebhafte Melodie und wenige Augenblicke später stimmten die Leute mit ein. Sie summten erst leise und bedächtig mit, aber als auch das Orchester die Töne aufgriff, wurden sie immer lauter und versuchten sich gegenseitig zu übertönen. Ich erkannte, dass allesamt den ersten Akt aus Carmen spielten.

Es war wundervoll! Ich hätte schon sehr viel früher einmal in die Oper gehen sollen! Gerührt schaute ich aus meinen feuchten Augen zu den vielen Menschen unter mir. Sie alle sangen nur für mich. Für mich ganz alleine. Charlotte Sommers persönliches Geburtstagsständchen. Schließlich war es vorüber, Luz befreite die Zuschauer aus ihrer Trance und nachdem sich alle mit verwirrten Gesichtsausdruck geordnet hatten, verlief die Oper wie geplant. Aber es war trotzdem wundervoll! Der klassische Gesang, die fantastischen bunten Kostüme, einfach wundervoll!

»Gibt es in der Hölle auch eine Oper?«, fragte ich verträumt, als wir sehr viel später in der Limousine quer durch die Stadt fuhren.

Balti schaute mich verständnisvoll an. »Natürlich, die schönste Oper des Universums«, säuselte er.

»Na dann ist ja gut!«, murmelte ich schläfrig.

»Wir sind da.« Luz deutete dem Chauffeur, den Wagen anzuhalten, und ich kroch neugierig heraus. Enttäuscht verzog ich den Mund. All der Glamour war vergessen, wir befanden uns in einem Getto von Paris, direkt vor einem heruntergekommenen Parkhaus. Die Limousine verließ uns mit quietschenden Reifen.

»Vorsicht!« Mit einem Ruck zog Luz mich in eine dunkle Ecke. Beinahe verlor ich einen meiner Pumps.

Gerade wollte ich protestieren, aber dann hörte ich Stimmen von zwei Männern.

»Wer ist das?«, flüsterte ich Luz ins Ohr, aber der winkte ab.

»Nun frag doch nicht immer so viel, Charly!« Er brummte verärgert. Also hielt ich lieber meinen Mund und folgte Luz und Balti, die hinter den Männern in das Parkhaus schlichen. In Zeitlupe durchquerten wir das alte Gebäude. Die Wände waren mit unzähligen Graffiti beschmiert, die Luft war feucht und es stank nach Urin. Von den Decken hingen alte Leitungen und rostige Rohre. Angewidert verzog ich den Mund und wurde ein weiteres Mal unsanft in eine dunkle Ecke gedrückt.

»Das ist ja wie bei James Bond«, flüsterte ich aufgeregt und trat hippelig von einem Bein auf das andere.

»Scht!« Luz warf mir einen warnenden Blick zu und schlich dann vorsichtig weiter. Ungeduldig folgte ich ihm.Mir schien, dass ich meinem Ziel ganz nahe war. Bald schon würde ich die Bombe hochgehen lassen und dann würde ich endlich, endlich meinen Tommy in die Arme schließen können! Eine Bombe – ist doch ein Kinderspiel! Ich kicherte hysterisch.

»Charly!«, fauchte Luz nun richtig böse. »Du vermasselst noch alles!«

»Wir müssen den richtigen Moment abwarten, Charly«, raunte Balti.

Luz knurrte warnend und wir schlichen weiter.

Als wir das nächste Mal abrupt stehenblieben, konnte ich mich gerade noch an Balti festklammern, um nicht hinzufallen. Warum hatte ich eigentlich noch immer diese dämlichen Schuhe an?

»Scht!«

»Ja doch!«, zischte ich zurück.

Balti deutete nach links und legte seinen Finger auf die Lippen.

Ich erkannte zwei schwarz gekleideten Männer, die etwas aus einem Koffer heraus holten und sich daran machten, es aufzubauen. Wir warteten eine halbe Ewigkeit. Meine Füße schmerzten allmählich in den ungewohnten Schuhen und mein Mund war trocken. Jetzt nur nicht schlapp machen, Charly, ermahnte ich mich und unterdrückte ein Gähnen.

»Endlich!« Balti stieß mir aufgeregt in die Rippen.

»Das hier ist viel besser als James Bond!«, flüsterte er zischend.

Die beiden Männer betrachteten noch einmal zufrieden ihr Werk und schlenderten dann entspannt zurück. Genau in unsere Richtung!

»Was macht eigentlich dein Großer?«, hörte ich einen der beiden sagen.

»Stress in der Schule, mal wieder.«

Ich hielt den Atem an. »Wir müssen hier weg!«, flüsterte ich panisch und schüttelte Luz an der Schulter. Der warf mir nur einen warnenden Blick. Er nickte Balti kurz zu und mit einem Satz sprangen die beiden aus unserem Versteck. Ich schrie ängstlich auf, aber schon wenige Sekunden später lagen die schwarz gekleideten Bösewichte bewusstlos auf dem feuchten Betonboden.

»Kann mir mal einer erklären, was genau hier abgeht?« Wütend schaute ich meine beiden Begleiter an.

»Ach, Charly!« Luz Augen leuchteten voller Vorfreude und Balti rieb sich begeistert die Hände.

»Das hier, Charly, ist der Auslöser.« Luz wedelte mit einer Fernbedienung in der Hand.

Ich starrte ihn wortlos an.

»Und das da hinten ist die Bombe.«

Ach nein! Ich schnaubte verärgert.

»Du brauchst also nichts weiter zu machen, als das Parkhaus zu verlassen und den kleinen, roten Knopf zu drücken, und dann: Bum!« Luz klatschte einmal laut in die Hände und Balti ließ vor lauter Begeisterung ein in der Nähe stehendes Autowrack explodieren.

»Bum?«, fragte ich. »Und dann gehen die beiden da mit hoch?«

»Na ja, nicht ganz. Auf dem Dach spielen noch ein paar Jugendliche ›Wer ist der Coolste im ganzen Land?‹. Die gehen dann wohl auch mit hoch.« Luz strahlte mich an. »Gleich mehrere auf einen Streich, Charly. Wie bei dem tapferen Schneiderlein!«

Balti quietschte vor Vergnügen, aber ich konnte nur starr nicken. Gleich mehrere? Davon war nie, nie die Rede gewesen! Es hieß immer nur ein Mord, kein Massenmord!

Luz drückte mir die Fernbedienung in die Hand. Balti hatte die Hände der Bewusstlosen auf dem Rücken zusammengebunden.

Plötzlich kam mir eine Idee. »Kann ich sie mir mal angucken?«, fragte ich mit zitternder Stimme und deutete auf die Bombe.

»Klar!« Luz grinste mich an.

Mit weichen Knien ging ich auf die Bombe zu.

Sie sah gar nicht so gefährlich aus. Es war ein Metallkasten mit mehreren Knöpfen und einer Zeitanzeige in der Mitte. Noch 02:51 Minuten.

Es war albern, total albern! Aber aufgrund eines wahnwitzigen Gedankens klemmte ich mir die Bombe unter den Arm und rannte damit in Richtung Ausgang. Luz und Balti waren einen Moment zu überrascht, um reagieren zu können. Dann aber hörte ich ihre Schritte hinter mir. »Lauf«, schrie ich mir selbst zu. »Verdammte Schuhe!«

Ich rannte und stolperte durch unzählige Gänge und Treppen. Warum hatte ich mir nur nicht den Weg gemerkt?

Ich verharrte einen kurzen Moment. Die Bombe zeigte 02:20. Die Schritte wurden immer lauter. Panik keimte in mir auf. Mein Herz raste und ich schnappte verzweifelt nach Luft. Ich schlüpfte hastig aus den roten Pumps, nahm sie in die Hand und rannte einen Gang hinunter.

»Charly?« Luz' Stimme klang verblüfft. »Charly, was machst du?«

Ich stolperte erneut und verlor einen Schuh. Ich keuchte atemlos, hatte furchtbare Seitenstiche, aber ich rannte weiter, immer weiter. Die Bombe musste dieses Gebäude verlassen.

01:59. Verdammt!

Schon wieder die falsche Richtung. Kein Ausgang in Sicht! Was genau machst du da gerade eigentlich, Charly? Du läufst mit einer Bombe herum, die jeden

Moment explodieren kann? Ich kreischte hysterisch auf und fiel auf meine Knie. Das Kleid zerriss und der harte Boden schürfte meine Haut schmerzhaft auf. Luz und Balti kamen näher.

01:34.

Mit einem Hechtsprung landete ich hinter einem Autowrack und blieb schnaufend liegen. Ja, und nun?

01:15.

In diesem Moment hasste ich mich dafür, die Heldin spielen zu wollen. Na, was soll's?, dachte ich zähneknirschend. Wenn diese verdammte Bombe hochging, dann mit uns allen zusammen – ein Schnellzug in die Hölle sozusagen!

»Charly, ich kann dich riechen!« Luz' Stimme war viel zu nahe.

Riechen? Ich grunzte empört. Seit wann stank ich denn?

00:43 – verdammte Megascheiße!

»Charly?!« Luz' Stimme säuselte in meinen Ohren.Ich schlang meine Arme fest um die tickende Bombe.

00:29.

Mit einem Mal war mein Mut verschwunden. »Hilfe, Luz!« Ich kroch so schnell wie möglich hinter dem Auto hervor. Die beiden Männer standen ein paar Meter davor und hatten ihre Arme vor der Brust verschränkt. Vorwurfsvoll sahen sie mich an.

Balti hielt meinen verlorenen Schuh in der Hand.

»Hallo, Aschenputtel!«, sagte er spöttisch.

»Die Bombe!«, schnappte ich verzweifelt und hasste mich für meine Feigheit.

00:18.

Einen kurzen Moment lang umklammerte ich noch den tickenden Kasten, aber dann schob ich ihn zitternd von mir weg.

»So wird das natürlich nie was!«, spottete Luz. »Das hat ja schon was von Aufopferung. Wer kommt denn damit in die Hölle?«

00:15.

»Die Bombe!«, kreischte ich.

»Hast du so etwas schon mal ausgemacht?«, wollte Balthasar an Luz gewandt wissen.

»Nein, du?«, fragte der Teufel zurück.

»Spinnst du? Ich baue die sonst immer nur und lasse sie dann hochgehen.«

00:09.

»Jungs!« Meine Stimme war ein schrilles Quietschen.

»Ts, Ts, Charly.«

00:04.

Zu spät! Nun würde ich niemals zu meinem Tommy kommen! Tränen schossen in meine Augen.

00:01.

Luz schnippte einmal mit den Fingern und sämtliche Lichter des Kastens erloschen.

»Ach so geht das!«

»Ja, total easy, oder?«

Ich wollte nur noch weg. Weg von Luz, weg von Balti und weg von diesem ganzen Theater. Wieder rannte ich los. Diesmal in die richtige Richtung, ich schoss geradewegs auf den Ausgang zu. Ich hörte hinter mir noch jemanden mit dem Fuß aufstampfen, aber dann war ich draußen, weg von dem verdammten Gebäude. Kalter Regen schlug mir ins Gesicht, aber das kümmerte mich nicht. Ich rannte weiter durch die Straßen von Paris. Endlich ließ ich das Getto hinter mir und erreichte ein belebtes Viertel. Die Leute schauten mir irritiert nach, aber ich lief weiter. Meine Lunge schien beinahe zu zerplatzen, aber ich blieb nicht stehen. Auf einmal spürte ich einen dumpfen Schlag auf meinem Hinterkopf und es wurde schwarz um mich herum.

Als ich wieder zu mir kam, regnete es noch immer und ich zitterte vor Kälte. Benommen öffnete ich die Augen und versuchte etwas zu erkennen.

»Hallo, Charly«, flüsterte eine vertraute Stimme in mein Ohr.

War das Tommy? War ich endlich in der Hölle? Ich blinzelte und es dauerte einen Moment, bis mir bewusst wurde, wo ich war. Nämlich sehr, sehr weit oben. Viel zu weit oben: Ich sah über die Dächer von Paris. Ich war auf dem Eiffelturm! Panisch kämpfte ich gegen die Starre an, in der sich mein Köper befand. Ich konnte mich nicht bewegen, ich bemerkte, dass ich gefesselt war. Entsetzt stellte ich fest, dass ich nicht weit entfernt vom Abgrund lag. Angsterfüllt sah ich mich um und blickte direkt in zwei himmelblaue Augen, umrahmt von einem wunderschönen Gesicht und schwarzen Locken. Gabriel!

»Hey, Charly«, säuselte der Engel und strich mit der Hand sanft über meine Wange. »Du weißt doch, ich versuche deine Seele zu retten.« Er lächelte.

Ich starrte ihn mit offenem Mund an. Gabriel hatte mich bewusstlos geschlagen, auf den Eiffelturm entführt und würde mich höchstwahrscheinlich umbringen! Wo war Luz?

»Gabriel!«, stammelte ich flehend. »Was soll denn

das, was machst du denn? Ich meine, du bist doch der Gute bei der ganzen Sache, und jetzt machst du so was hier?«

Gabriel schüttelte traurig den Kopf. »Ach, Charly, du solltest dich sehen, dich, deine Seele. Du bist so wunderschön, so rein und unschuldig. Da kann ich dich doch nicht der Hölle ausliefern!« Er schnaubte verächtlich. »Außerdem bin ich es leid, immer nur Sachen zu verkünden. Die Stimme Gottes. Du glaubst gar nicht, wie eintönig das ist, den Menschen stets nur irgendwelche Dinge auszurichten, die sie dann doch nicht ernst nehmen.« Er holte tief Luft. »Aber damit ist nun Schluss. Ich werde nicht nur reden und zusehen, ich werde jetzt selbst eingreifen. Von nun an werde ich das Schicksal der Menschen beeinflussen. Und bei dir fange ich an.«

Ich schnappte nach Luft. »Und deswegen willst du mich jetzt umbringen?« Meine Stimme war nur noch ein Flüstern. »Das war es jetzt? Das soll es gewesen sein?«

Mit einem Mal wurde mir bewusst, dass ich nicht sterben wollte. Ich wollte nicht in den Himmel und auch nicht in die Hölle. Ich wollte nirgendwohin. Ich wollte leben und mein Leben genießen, solange es eben ging.

»Ja, Charly, das war es.« Betrübt sah er mich an. »Ich wünschte es gäbe eine Lösung, aber ich sehe keinen anderen Ausweg.«

Ich wollte ihn anschreien, ihm erklären, dass das der größte Schwachsinn war, den ich jemals gehört hatte, aber meine Stimme versagte. Stattdessen schossen mir dicke Tränen in die Augen. Verärgert blinzelte ich sie weg und schaute in den bedrohlichen Abgrund unter mir. Paris war wunderschön – sogar von hier oben. Aber was hatte ich jetzt noch davon? Ich versuchte meine gefesselten Hände zu befreien, aber es war hoffnungslos. Tränen rollten über meine Wangen und durchtränkten mein ohnehin pitschnasses Abendkleid. Gerade begann ich, mich innerlich von meiner Familie zu verabschieden, da plumpste etwas dumpf hinter mir auf– es war Luz. Ein sehr, sehr wütender Luz, wie ich an der sehr blassen Gesichtsfarbe und den gelblichen Schwefelwolken über seinem Kopf erahnen konnte. Sogar aus seinen Nasenlöchern kroch Qualm hervor. Auch Gabriel schien die schlechte Laune zu bemerken, denn er trat erschrocken einen Schritt rückwärts.

»Als wäre es nicht genug, dass du mich damals verraten hast!«, fauchte Luz und kam näher. »Jetzt ruinierst du mir auch noch meine Mission!«

»Luzifer …«, begann Gabriel und leckte sich nervös mit der Zunge über die Lippe. »Nicht schon wieder dieses Thema. Das ist jetzt doch schon eine Ewigkeit her.«

»Na und?«, schrie Luz nun und trat wütend mit dem Fuß gegen das Gerüst des Eiffelturms.

»He!«, rief ich leise, aber mich beachtete mal wieder niemand. »Hallo!«, jetzt rief ich etwas lauter und Luz sah mich tatsächlich eine Sekunde an. »Bitte, ja! Ich bin nicht zum Spaß hier oben!«, jammerte ich kläglich und kämpfte gegen meine Fesseln.

Tatsächlich flammte hinter meinem Rücken plötzlich eine Stichflamme auf und verbrannte das Seil. Erschrocken japste ich nach Luft und drückte mich trotz Brandblasen etwas dichter an den Turm. Willkommen in der Neverending Story!, dachte ich zynisch.

»Und jetzt?«, jammerte ich verzweifelt.

»Spring einfach, Charly!«, erwiderte Luz kühl.

»Was?!«

»Spring, Charly, vertrau mir!«

Gerade wollte ich ihn für bekloppt erklären, aber da kam Gabriel mit zwei Riesensätzen auf mich zu. Wenn schon sterben, dann wenigstens so, dachte ich zähneknirschend, stieß mich mit aller Kraft von dem Eisenbalken ab und sprang.

Jeder, der an Höhenangst leidet und schon einmal vom Eiffelturm springen musste, wird mir bestätigen, dass das nicht gerade Spaß macht – es ist sogar grauenhaft.

Und dummerweise dauerte es auch noch verdammt lange. So lange, dass ich mir sogar in aller Ruhe den Ablauf meiner Trauerfeier überlegen konnte. Ich fiel und fiel und landete schließlich direkt in Baltis Armen. Der Dämon grinste mich zuckersüß an und ich fiel wieder einmal in Ohnmacht.

Tag 6

Als ich wieder erwachte, brauchte ich eine Weile, bis mir bewusst wurde, dass ich mich in einem sehr schnell fahrenden Luxusrennauto befand. Luz saß am Steuer und starrte verbissen geradeaus. Er sah überhaupt nicht gut gelaunt aus, seine Haut war schneeweiß und seine Augen glutrot. Also tat ich lieber so, als würde ich schlafen, und betete, dass alles bald ein Ende haben würde – wie auch immer. Irgendwann schlief ich wieder ein.

Als ich das nächste Mal erwachte, knurrte mein Magen verräterisch und die Sonne ging gerade unter. Luz stoppte abrupt den Wagen.

»Wo sind wir?«, fragte ich zaghaft, aber Luz deutete mir nur knapp auszusteigen. Hastig gehorchte ich und erstarrte, als ich sah, wo er mich hingebracht hatte. Wir befanden uns in der Nähe vom Alexanderplatz in Berlin. Genau vor dem Hochhaus, auf dem wir uns das erste Mal getroffen hatten.

Erschrocken drehte ich mich zu Luz um. »Was soll das?«, frage ich nervös.

Luz' Gesichtsausdruck ließ mich erschaudernd. »Willkommen zu Hause, Charly!« Er kam bedrohlich einen Schritt auf mich zu. Hastig wich ich vor ihm zurück, aber Luz deutete mit unerbittlicher Miene auf den Eingang des Hauses.

Ich traute mich nicht, zu widersprechen, also fuhren wir zunächst mit dem Fahrstuhl und stiegen die letzten Treppen zu Fuß hinauf. So befanden wir uns also wieder auf dem Dach, genau dort, wo alles begann. Was zum Kuckuck hatte er vor?

»Weißt du, du hast es wirklich geschafft!« Luz breitete theatralisch seine Arme aus. »Du hattest fünf Versuche für die Todsünde. Ganze fünf Versuche, Charly, und du hast sie alle vermasselt!« Er lachte laut auf – es klang abgrundtief böse.

Wieso hatte ich ihm die ganze Zeit vertraut?

»Und nun ist dies dein letzter Versuch – mehr als sechs gibt es nie!«

»Warum nur sechs?«, fragte ich zittrig. Mir fiel einfach nichts Besseres ein, meine Gedanken rasten. Lieber Gott, hilf mir! Ich wagte es nicht mich zu bewegen.

»Was habe ich alles getan, um dir zu helfen?!«, rief er wütend in die Nacht hinein. »Und du hast es vermasselt! Aber jetzt!« Luz schnalzte mit der Zunge. »Jetzt ist mir eine Idee gekommen, wie einfach wir die ganze Sache lösen. Willst du es wissen, Charly?«

Nein, verdammt noch mal, wollte ich schreien, aber meine Kehle war wie zugeschnürt. Allmählich bekam ich richtig Angst vor ihm. Ich zitterte am gesamten Körper.

»Ich muss zugeben, es war nett mir dir, Süße!« Diesmal grinste er von einem Ohr zum anderen. »Aber deine Zeit ist abgelaufen. Du wirst jetzt von diesem verdammten Dach springen! Ganz so, wie du es doch die ganze Zeit wolltest, nicht wahr?«

»Was?« Entgeistert starrte ich ihn an. Worauf wollte er hinaus?

»Ein Selbstmord, Charly! Weißt du noch? So haben wir uns doch kennengelernt. Das ist es doch, was du immer wolltest.« Erwartungsvoll sah er mich an. Ich schüttelte nur stumm den Kopf und blinzelte eine Träne fort.

»Denn selbst ein Selbstmord ist eine Todsünde!« Luzifer schnaufte verärgert. »Es ist nicht besonders elegant und es ist nicht unbedingt meine Lieblingssünde. Aber es wird ihren Zweck hoffentlich erfüllen!« Mit großen Schritten kam er auf mich zu. Hastig stolperte ich rückwärts und fiel dabei auf den Hintern.

»Spring, Charly!« Er kam mir nun so nahe, dass mir der beißende Schwefelgeruch in die Nase stieg.

»Vergiss es!«, fauchte ich und kroch zitternd vor ihm weg.

»Was sagst du da?« Luz' Stimme kochte vor Wut. »Du hast einen Pakt mit dem Teufel geschlossen, Charly! Davon kommt man nicht einfach so los!«

»Lass mich in Ruhe!«, zischte ich schwach. »Ich will das nicht mehr. Du kannst ihn behalten, deinen Fahrschein in die Hölle!«

»Ach ja?« Luz knurrte böse. »Weißt du was? Ich glaube, ich muss dir noch etwas erzählen über deinen Tommy, deinen ach so geliebten Tommy!« Triumphierend klatschte er in die Hände. »Nur, weil man ein Nephilim ist, kommt man nicht gleich in die Hölle, weißt du?! Aber dein Tommy, weißt du, was er getan hat?«

Ich hielt mir mit aller Kraft die Ohren zu. »Ich will es nicht hören!«, schrie ich, aber es half nichts, Luz' Stimme dröhnte in meinem Kopf.

»Er hat dich betrogen. Ja, und das nicht nur einmal! Frag doch mal deine süße kleine Freundin Jenny, die weiß da mit Sicherheit etwas darüber! Und das ist nicht das einzige auf seinem Sündenkonto.« Sein höhnisches Lachen hallte in der Nachtluft.

»Nein!«, schrie ich. »Das ist nicht wahr! Nein!« Eine eisige Klaue umklammerte mein Herz. Ich bekam keine Luft mehr.

Luz lachte noch lauter.

Ich konnte mich nicht rühren. Wie gelähmt starrte ich ihm entgegen. Bitte lieber Gott, hilf mir!

»Lass mich in Ruhe!«, bettelte ich ihn an. »Ich will nicht sterben, ich will leben!«

»Weißt du, er verdient dich überhaupt nicht!« Luzifer trat dicht an mich heran und beugte sich zu mir hinunter. Seine Stimme klang auf einmal sehr viel sanfter. Beinahe zärtlich. »Jemand wie Tommy verdient dich nicht!«, flüsterte er. Er streckte seine Hand aus und berührte vorsichtig meine Wange.

»Luz, was soll das?«, flüsterte ich verwirrt. Luz öffnete den Mund um etwas zu erwidern, seine Stimme erstarb jedoch. Er presste seinen Mund zu einem dünnen Strich zusammen und seine Augen funkelten wie zwei glühende Feuerbälle. Sein Kiefer spannte sich so sehr, dass die Sehnen hervortraten. Jedoch starrte er nicht mehr mich an, sondern etwas, das sich hinter mir befand. Ich folgte seinem Blick und sog überrascht die Luft ein. Auf der anderen Seite des Daches stand ein Engel – dieses Mal ein Engel mit richtigen Flügeln. Das silbergraue Haar des Mannes umrahmte ein wunderschönes ebenmäßiges Gesicht. Er trug eine blaue Jeans und ein weißes Hemd und darüber einen langen, schwarzen Ledermantel. Seine nackten Füße waren schmutzig. Aber wirklich beeindruckend waren die Flügel. Meine Kinnlade klappte herunter: Der Engel hatte wirklich richtige Flügel! Schneeweiße Flügel!

Ich schluckte verstört, aber er lächelte mich freundlich an. Mein Herz machte einen Sprung. Er war gekommen, um mir zu helfen! Endlich! Danke, lieber Gott!

Luz war von seinem Erscheinen weniger begeistert. Beinahe ängstlich wich er vor ihm zurück. »Michael!«, rief er und schnaubte verärgert. »Lange nicht gesehen!«

Michael nickte. »Deine Zeit hier ist abgelaufen, Luzifer!«, sagte er ruhig mit angenehmer Stimme. »Sie will nicht mehr mit dir kommen.« Er deutete auf mich. »Also verschwinde!«

»Warum mischst du dich ein? Warum mischst du dich immer ein?« Luz' Stimme überschlug sich fast vor Zorn. »Jahrhunderte lang lasst ihr euch nicht blicken und wenn ich mal Spaß haben will, dann funkt ihr dazwischen!«

Michael lächelte nachsichtig. »Das ist mein Job, Satan, mein Job. Glaubst du, mir macht es Spaß, immer dein Kindermädchen zu spielen?«

Über Luz' Kopf stiegen wieder Qualmwolken auf. Er hatte seine Hände zu Fäusten geballt und starrte abwechselnd mich und dann wieder Michael an.

Schließlich blieb sein Blick auf mir ruhen. »Wir sehen uns, Charly, wir sehen uns! Ich gebe nicht auf!« Mit einem Satz sprang er auf mich zu und riss mir das Medaillon vom Hals. »Du wirst schon sehen, es kommt der Tag, an dem du wieder nach mir rufst, krank vor Sehnsucht nach deinem dummen Tommy. Und dann werde ich da sein und du wirst mir nicht noch einmal durch die Lappen gehen, Charly, das verspreche ich dir!« Er machte zwei schnelle Schritte auf den Rand des Daches zu und sprang, ohne sich noch einmal umzudrehen, hinunter. Stumm starrte ich ihm hinterher.

»Hallo, Charly, ich bin Michael.« Der Engel beugte sich zu mir herunter.

»Wo sind deine Flügel hin?« Verwundert starrte ich ihn an.

Michael lächelte mich warm an. »Ist praktischer so!« Er zuckte gelassen mit den Schultern. Dann sah er mich ernst an. »Du bist wirklich wunderschön, Charly. Deine Seele ist wunderschön, beinahe einzigartig. Kein Wunder, dass er dich unbedingt haben wollte! Wir werden uns wiedersehen, ganz bestimmt. Das verspreche ich dir. Ich werde auf dich aufpassen, Charly.« Er lächelte mir noch einmal zu. Seine Flügele erschienen erneut und ragten majestätisch von seinen Schultern in den Himmel hinauf. Er schlug ein paar Mal mit ihnen und erhob sich schließlich in den Nachthimmel.

Auch ihm sah ich lange nach, bis er nicht mehr über den Dächern von Berlin zu erkennen war.

So, und nun? Betrübt setzte ich mich an den Rand des Daches und schaute hinunter. Seltsamerweise empfand ich keine Höhenangst mehr. Ich konnte hinunterschauen, ohne dass mir schwindelig wurde. Na, wenigstens etwas! Verärgert pulte ich die einzelnen Pailletten von meinem Kleid und warf sie hinunter auf die Straße. Irgendwo weit unter mir hörte ich jemanden aufgeregt rufen. Hatten sie mich tatsächlich entdeckt? Na, was soll's! Dann sollten sie doch kommen!

Allmählich keimte wieder das altbekannte Gefühl der Hoffnungslosigkeit in mir auf. Es war zunächst ganz schwach, aber es kämpfte sich erbarmungslos seinen Weg durch meinen Gefühlsdschungel, bis es mich mit solcher Macht überwältigte, dass mir schwindelig wurde. Ein Teil von mir triumphierte. Es war der Teil in mir, der ein guter Mensch sein und das Leben genießen wollte. In diesem Moment hasste ich diesen Teil in mir abgrundtief. Ich hatte versagt.

Luzifer war fort und mit ihm war die letzte Möglichkeit verschwunden, meinen Mann jemals wiederzusehen.

Tommy war verloren. Endgültig verloren.

Würde ich ihn jetzt jemals wiedersehen? Würde ich Luzifer eines Tages rufen, so wie er es mir prophezeit hatte?

Noch viele weitere Tage

Wie es dann weiterging? Nicht anders als erwartet! Der Rettungswagen kam und die Sanitäter rammten mir, ohne zu zögern, eine Beruhigungsspritze in den Arm. Die Fahrt ins Krankenhaus bekam ich nur verschwommen mit und auch die nächsten Tage verbrachte ich hinter dichten Nebelschwaden. Irgendwann wurden die Medikamente abgesetzt und ich konnte wieder klar denken. Es folgten nette Gespräche mit einem kleinen, pummeligen Psychologen, der gemeinsam mit mir meine Selbstmordgedanken aufarbeiten wollte. Eine Zeit lang versuchte ich noch, ihm klarzumachen, dass ich keine Therapie brauchte, weil ich gerade eine sehr gute Therapie hinter mir hatte und ich überhaupt keine Lust hatte, mich umzubringen. Nein, ich lechzte geradezu nach Leben – aber es war hoffnungslos. Also gab ich auf und nickte zustimmend, bei allem, was er zu sagen hatte.

So musste ich die nächsten Wochen zur Kur. Das erste Mal in meinem Leben und es war gar nicht so schlecht – von den vielen Psychologen mal abgesehen. Ich hatte Zeit, unendlich viel Zeit, darüber nachzudenken, was ich in Zukunft machen wollte und was nicht. Nach sehr langer Überlegung kam ich zu dem Schluss, dass ich mein Leben genießen wollte – auch ohne Tommy. Natürlich vermisste ich ihn fürchterlich. Es gab Tage, an denen ich in dem verwunschenen Garten der Klinik saß und nichts anderes tat als zu weinen. Ich heulte und heulte und umso mehr ich weinte, desto ruhiger wurde ich innerlich und irgendwann waren einfach keine Tränen mehr da. Es gab auch Tage, an denen ich schrecklich wütend auf ihn war. Hatte Luz recht mit der Behauptung, Tommy habe mich betrogen? Wann immer ich daran dachte, wurde ich stinksauer! »Du verdammter Mistkerl, und ich wollte mich für dich umbringen!«, schrie ich dann laut durch die Klinik und wurde kurzerhand von ein paar Pflegern eingesammelt.

Jenny fragte ich nie danach, wenn sie mich besuchen kam. Sie war gut gelaunt wie immer, sie meinte nur einmal: »Was machst du denn für Sachen!«, und schüttelte den Kopf. Bei ihren Besuchen brachte sie mir literweise Vanilleeis mit – meine Lieblingssorte. So saßen wir oft lachend im Garten unter einer Trauerweide und aßen Eis. Jenny erzählte mir alle Neuigkeiten vom Krankenhaus und von der Theatergruppe.

Manchmal beäugte ich sie ein wenig misstrauisch, aber meistens war ich einfach nur dankbar, dass sie da war.

Auch die Theatergruppe kam und führte mir und den anderen Patienten einen kleinen Sketch vor. Natürlich kamen auch meine Eltern zu Besuch. Meine Mutter war wie immer sehr, sehr besorgt. Sie plapperte wie ein Wasserfall und ich atmete immer ein wenig erleichtert auf, wenn sie wieder fort war.

Schließlich wurde ich aus der Klinik entlassen und durfte zurück in meine kleine Wohnung. Es war alles genauso, wie ich es damals verlassen hatte. Beinahe glaubte ich, Luz und Balti würden um die Ecke kommen und mir neue tolle Mordideen an den Kopf werfen – aber es kam niemand. Eine Weile saß ich stumm in meiner Küche, löffelte Nutella aus dem Glas und trank Prosecco mit Erdbeeren; oder ich lauschte lächelnd den Schlagzeugversuchen von Herrn Winter.

Dann beschloss ich, mein Leben umzukrempeln. Ich begann damit, meine Wohnung völlig neu einzurichten. Meine alten Möbel, die ich mir damals mit Tommy gekauft hatte, schleppte ich zusammen mit Jenny hinunter und anschließend suchten wir zusammen neue aus.

Meine Freundin gab es auch irgendwann auf, mich danach zu fragen, woher ich das ganze Geld hatte.

»Hab ich gespart!«, log ich einmal. Ich konnte ja schlecht sagen, dass ich es in einem Casino gewonnen hatte.

»Ne, ist klar!« Jenny hatte mich angesehen, als wäre ich bekloppt. Aber dann nahm sie es hin und klatschte begeistert in die Hände, während die Verkäufer eilig hin und her liefen und für mich die teuerste Einrichtung zusammenstellten, die sie hatten. Für Jenny spendierte ich eine Heimkinoanlage, sie war ganz außer sich vor Freude. Nach dem Möbelhaus gingen wir in die teuerste Boutique der Stadt und kleideten mich neu ein. Mit schweren Plastiktüten bepackt und völlig erschöpft saßen wir schließlich in einem Restaurant und tranken Champagner.

»Und was fehlt nun noch?«, fragte Jenny mit leuchtenden Augen.

»Ein neues Auto!«, sagte ich prompt.

Jenny blinzelte verwirrt. »Seit wann machst du dir etwas aus Autos?«

»Seit heute!« Ich kicherte albern und trank einen großen Schluck von dem prickelnden Sekt.

Also stürmten wir am nächsten Tag das Autohaus und kauften mir einen schwarzen, megateuren Porsche. Johlend sausten wir damit durch Berlin und hielten schließlich mit quietschenden Reifen vor dem Theater. Meine Schauspielgruppe war beeindruckt. Alle wollten einmal Probe fahren, so kamen wir gar nicht mehr dazu, für das neue Stück zu üben.

»Mir fällt noch etwas ein«, sagte ich, als wir zusammen auf der Bühne saßen und Rotwein schlürften. Ich nahm meinen Mut zusammen und holte tief Luft. »Ich möchte eine Rolle haben, eine richtige Rolle. Mit Text und so.« Erleichtert atmete ich aus. Ich hatte es gesagt, endlich gesagt. Nervös leckte ich über meine Lippen – niemand antwortete mir. Alle starrten mich stumm an.

»Ich dachte schon, du würdest niemals fragen!« Jenny brach schließlich das Schweigen und umarmte mich. »Du bekommst jede Rolle, die du haben willst, Süße!« Sie gab mir einen dicken Kuss auf die Wange und kurz darauf brabbelte die ganze Gruppe aufgeregt durcheinander. Das ganze Stück wurde neu aufgeteilt – ich bekam sogar die Hauptrolle. Von nun an probten wir jede freie Minute, ich lernte eifrig meinen Text und wurde von den anderen für meine tolle Leistung gelobt. Diesmal planten wir sogar eine Aufführung. Mit richtigen Zuschauern. Und noch etwas änderte sich in meinem Leben. Ich kündigte meinen Job als Krankenschwester und studierte Medizin – ein alter Traum von mir. Geld zum Leben hatte ich genug und die besorgten Einwände meiner Mutter ignorierte ich tapfer. Von nun an wollte ich nur noch das machen, wozu ich wirklich Lust hatte. Das Lernen machte mir Spaß und manchmal saß ich noch bis tief in die Nacht über meinen Büchern.

Ich genoss jeden Tag in vollen Zügen. Ich war lange genug einfach nur brav gewesen, damit war jetzt Schluss.

Und eines Tages traf ich sogar Herrn Winter persönlich – das erste Mal, seitdem er in die Wohnung über mir eingezogen war. Es war ein kalter, verregneter Novembertag und ich eilte gerade mit einem Regenschirm über dem Kopf zum Auto, als ich jemanden laut fluchen hörte. Herr Winter war dabei, einen platten Reifen seines alten, quietschgelben Fahrrads aufzupumpen. Es musste Herr Winter sein, denn die Stimme erkannte ich von seinen unzähligen Singstar-Abenden. Einen Augenblick lang überlegte ich, ob ich ihn einfach ignorieren sollte, aber dann hatte ich doch Mitleid.

»Soll ich Sie vielleicht ein Stück mitnehmen?«, fragte ich höflich und deutete auf meinen neuen Porsche.

Herr Winter zögerte einen Moment, dann aber starrte er verdrießlich auf sein Fahrrad, zog seinen Kopf zwischen die Schultern und rannte zu mir hinüber.

»Das ist aber wirklich nett von Ihnen!«, sagte er schüchtern, als er in mein Auto stieg.

»Klar, ist doch kein Problem.« Ich warf einen neugierigen Blick auf ihn und gab dann Gas. Er sah gar nicht so übel aus. Dunkles, halblanges Haar und einen recht sportlichen Körper.

»Sie sind Frau Sommer, stimmt's?«, fragte er.

»Stimmt«, antwortete ich.

»Ich bin Christoph.« Er neigte sich etwas zu mir herüber und gab mir seine Hand.

Überrascht bemerkte ich, dass er gut roch. Wann hatte ich so etwas das letzte Mal bei einem Mann gedacht? Außerdem hatte er himmelblaue Augen.

»Charlotte. Also Charly, eher gesagt.« Meine Wangen wurden heiß. Wirklich sympathisch.

»So ein Auto passt gar nicht zu dir!«

Mit einem Ruck trat ich auf die Bremse. »Willst du vielleicht lieber zu Fuß gehen?«, fragte ich schnippisch.

»Nein, nein!«, entschuldigte Christoph sich hastig. »Ich meine nur, du siehst nett aus, wirklich nett, meine mich!«

»Ach so!« Besänftigt fuhr ich weiter. Ja, wirklich nett!

Am Abend gingen wir zusammen essen. Und auch am nächsten Tag, am übernächsten, und so weiter. Ich mochte ihn. Er war nett, wirklich nett! Wir verstanden uns super. Ich lachte über seine musikalischen Versuche, er begleitete mich zu den Theaterproben. Nach ein paar Wochen waren wir ein Paar. Es tat gut, mal wieder jemanden zu küssen, sich nachts an jemanden rankuscheln zu können. Christoph verstand es, wenn ich manchmal traurig war und allein sein wollte. Er war für mich da, wenn ich reden wollte, und spürte es, wenn ich ihn brauchte. Ich ließ Tommy los. Es war nicht einfach, aber irgendwann schaffte ich es, zu lächeln, wenn ich an ihn dachte.

Unsere Beziehung war unkompliziert. Wir wohnten beide in unseren Wohnungen und besuchten einander, wann immer wir wollten. Es war so lange gut, bis wir eines Tages in dem teuersten Restaurant der Stadt saßen, genau in dem Restaurant, in dem ich auch einmal mit Luz gewesen war. Nur dass an diesem Abend alles ganz normal vornehm und spießig war.

Ich betrachtete gerade lächelnd an die Sängerin, als Christoph mich mit dem Fuß anstieß.

»Habe ich dir schon einmal gesagt, dass du umwerfend aussiehst?«, fragte er mich.

Ich musste lachen. »Nein, noch nicht oft. Heute Abend waren es nur ungefähr zwanzig Mal.«

»Dann waren es eindeutig noch zwanzig Mal zu wenig!«

Er küsste zärtlich meine Hand und betrachtete bewundernd mein dunkelblaues Abendkleid.

»Ich weiß, du willst nicht darüber reden, aber manchmal frage ich mich, woher eigentlich dein ganzes Geld kommt.« Er durchbohrte mich mit diesem furchtbar besorgten Blick, dem ich nie standhalten konnte.

Seufzend zog ich meine Hand zurück und rollte mit den Augen. »Vertraust du mir denn nicht?«, fragte ich schmollend.

»Doch, natürlich vertraue ich dir, ich mache mir nur ab und zu Sorgen.« Immer noch dieser Blick.

»Also gut!« Ich beugte mich tief über den Tisch und deutete ihm, näher zu mir heranzukommen.

»Weißt du, Chris, manchmal gibt es eben Dinge im Leben, die kann man nicht erklären. Es passiert einfach und dann glaubt einem niemand. Es ist so etwas wie ein kleines Wunder, verstehst du?«, haspelte ich verzweifelt und hätte mich kurz danach ohrfeigen können.

Wollte ich ihm wirklich von Luzifer erzählen?

Christophs Augen wurden groß. »Du glaubst an Wunder?«

Ich verdrehte innerlich die Augen. Nicht nur daran, dachte ich zynisch, lächelte ihn aber weiter tapfer an.

Christophs Atem beschleunigte sich. Sein Kopf wurde knallrot und er beugte sich noch tiefer über den Tisch, sodass er dabei eines der Weingläser umstieß.

»Weißt du, Charly, ich glaube auch daran. Es ist nämlich so, weißt du, manchmal, da passieren mir seltsame Dinge. Ich sehe nämlich Dinge voraus, die dann wirklich geschehen. Ist das nicht verrückt? Ich habe es noch niemandem erzählt, aber vorhin habe ich uns beide hier sitzen sehen und dann kamen noch zwei Männer dazu, ich habe es ganz genau gesehen!«

Ich starrte in seine viel zu blauen Augen und da klingelten plötzlich meine Alarmglocken.

»Glaubst du mir, Charly?« Christophs Stimme war nur noch ein ganz leises Flüstern.

»Natürlich glaube ich dir!«, antwortete ich steif. Meine Gedanken rasten. Konnte es sein? Konnte es tatsächlich sein, dass Chris auch einer von diesen verdammten Nephilim war?

Oder vielleicht ein anderes übernatürliches Wesen?

»Oder hältst du mich jetzt für verrückt?« Christophs Stimme klang ängstlich.

»Nein, nicht verrückt!« Ich überlegte gerade, ob ich ihn lieber umbringen oder wegrennen sollte. Doch da ertönte eine wohlbekannte Stimme neben mir.

»Charly, meine Prinzessin, wie geht es dir?«

Es war Balthasar! Einen Moment starrte ich ihn unsicher an. Schließlich wollte er mich vor kurzem noch zu einer Mörderin machen. Aber als ich sein strahlendes Lächeln sah, wurde mir warm ums Herz. Ich konnte ihm einfach nicht böse sein, und eigentlich hatte er es ja immer nur gut mit mir gemeint. Ich stand auf und fiel ihm um den Hals.

»Meine Güte, dich habe ich ja ewig nicht gesehen! Nicht so doll, bitte!«, haspelte ich und rang verzweifelt nach Luft.

»Entschuldige, ich vergaß!« Balti entließ mich aus seiner Umarmung und setzte sich zu uns.

»Äh, Chris, ist das okay, wenn mein alter Kumpel Balti zusammen mit uns isst?« Nervös sammelte ich das heruntergefallene Besteck vom Fußboden auf.

Chris sah mich an, als sähe er Gespenster. »Das ist einer von den beiden Männern!«, raunte er mir zu. Seine Hände zitterten.

Bitte lass den zweiten nicht Luz sein, schickte ich ein Stoßgebet in den Himmel. Mein Leben war doch gerade so schön.

Der Kellner kam, brachte neues Besteck und schenkte Wein nach.

»Wo bist du die ganze Zeit gewesen? Warst du noch länger in Paris?«, fragte ich neugierig und zerlegte gierig den Hummer auf meinem Teller.

Balti zog seine Mundwinkel nach unten. »Nein, ich war im Urlaub«, erwiderte er traurig. »Geht immer viel zu schnell vorbei!«

»Im Urlaub?«, fragte ich interessiert.

»Na, da im Urlaub!« Balti deutete mit seinem Finger zum Fußboden. »Aber nun bin ich ja wieder hier und bin bereit meine Zeit hier abzusitzen.«

»Ah, ja!« Ich starrte ihn an. Er war in der Hölle gewesen, einfach so? Beinahe wurde ich ein wenig neidisch.

»Ich soll dich von Du-weißt-schon-wem grüßen, Charly!« Balti zwinkerte mir verschwörerisch zu. »Er kommt darüber hinweg, meint er!«

Das Besteck glitt aus meinen Händen. Der Hummer blieb mir im Hals stecken, meine Kehle war wie zugeschnürt. Tommy!

»Von wem denn?«, fragte Chris neugierig und schenkte dem Dämon von unserem Wein ein.

Am liebsten hätte ich laut aufgeschrien.

»Weißt du, Charly, ich werde hier in Berlin ein Modelabel gründen«, fuhr Balthasar fort und überging Christophs Frage.

»Wirklich?«, fragte ich interessiert und freute mich über den Themenwechsel. »Das ist ja toll!«

Balti strahlte über das ganze Gesicht. »Ich schicke dir eine Einladung, wenn ich meinen Laden eröffne«, meinte er voller Stolz.

Gerade wollte ich ihn weiter ausfragen, da stieß Chris mir mit dem Ellenbogen in die Seite. »Sieh nur, da kommt der zweite!«

Ängstlich drehte ich mich um und starrte geradewegs in Gabriels Gesicht.

»Charly, wie geht es dir?«, säuselte der Engel mit der weichen Stimme und setzte sich Balti gegenüber.

»Ganz gut!«, erwiderte ich matt. Die Situation überforderte mich. Gabriel und Balti starrten sich eine Weile hasserfüllt an, nippten aber friedlich an ihren Getränken. Anscheinend hatten sie diesen Abend keine Lust auf Streitereien.

»Verzeih mir bitte, Charly«, bat der Engel mich mit flehender Stimme. »Die Sache mit dem Eiffelturm. Ich wollte dich doch nur retten.«

»Schon okay«, sagte ich schnell, bevor Christoph weitere Fragen stellte. »Vergessen wir es einfach, in Ordnung?«

Gabriel atmete erleichtert auf und strahlte mich glücklich an. »In Ordnung!«, bestätigte er nickend.

Hatte ich wirklich geglaubt, mein Leben wäre wieder normal?

»Kennt ihr drei euch denn schon lange?«, fragte Chris höflich.

Balti lachte. »Ja, schon sehr lange!«, antworte er.

Ich sagte lieber gar nichts. Irgendwo weiter hinten im Restaurant ging ein Champagnerkühler in Flammen auf.

»Seid ihr aus einem bestimmten Grund hier oder einfach nur so zum Spaß?« Nervös kaute ich auf meiner Lippe.

Die beiden zuckten die Schultern. »Nein, eigentlich wollte ich dich nur mal besuchen, Süße!« Balti zwinkerte mir zu. »Wird doch Zeit, dass wir zwei Hübschen mal wieder shoppen gehen, oder?«

Jetzt musste auch ich lächeln. Er deutete ein wenig verwundert auf mein blaues Kleid. »Ich dachte immer, rot wäre deine Lieblingsfarbe.«

Chris zog erstaunt seine Augenbrauen in die Höhe.

»Ich dachte, du könntest rot nicht ausstehen.«, sagte er.

»Äh, und was machst du so?«, wandte ich mich an Gabriel und ignorierte den verdutzten Christoph.

»Ich wollte auch nur mal schauen, ob alles wieder in Ordnung ist!« Gabriel warf einen zufriedenen Blick auf Chris und zwinkerte mir zu.

Allmählich entspannte ich mich. So saß ich also zusammen mit einem Dämon, einem Engel und einem Nephilim am Tisch. Ich nahm einen tiefen Schluck aus meinem Weinglas. Vielleicht gab es ja doch eine Möglichkeit, in die Hölle zu gelangen. Ganz ohne Mord. Der Wein verteilte sich langsam in meinem Mund – er schmeckte köstlich. Oje, das wird Luzifer gar nicht gefallen, dachte ich mir und genehmigte mir einen weiteren, großen Schluck.